Illustration de couverture :   Illustration intérieure :

© Céline Simoni   © Okiko

NOCTURNE

LES CHARMES DE L'EFFROI

Édité par Sébastien Mazas

© 2014, Nocturne Collectif
Edition : BoD - Books on Demand
12/14 rond-point des Champs Elysées, 75008 Paris
Imprimé par Books on Demand GmbH, Norderstedt, Allemagne
ISBN : 9782322030354
Dépôt légal : Mars 2014

À toi papa,
Une nouvelle publication et de nombreuses pensées pour toi,

Sébastien Mazas

Je remercie ma famille. Tous ceux qui ont cru, qui croient en moi et qui ont eu la patience d'attendre ce troisième numéro. Merci à Romain, pour le travail et l'aide qu'il a fourni. À Céline pour sa superbe illustration de couverture et à Damien pour sa toile intérieure ô combien machiavélique !

Remercier encore et surtout le comité de lecture du toisième numéro de Nocturne : merci à vous Guillaume, Vlad, Booz et Azarian. Votre temps, vos efforts et vos critiques m'ont été très précieux.

Je voulais remercier les lecteurs du zine, en espérant que vous soyez très vite nombreux à devenir des fanatiques ! Les adeptes de Cthulhu ont du soucis à se faire... Gratifier aussi et surtout les auteurs de ce troisième numéro pour leur grande patience et leur professionalisme. «G&D» a été très long à élaborer et à éditer mais il a su, on l'espère pour une très longue durée, outrepasser le cap fiancier qui bloquait sa publication.

Merci à vous !

Qu'elles pourfendent le voile de la nuit, déchiquètent le fond de vos entrailles ou alimentent vos cauchemars nocturnes, les griffes sont, pour la plupart du temps, assimilées à la culture horrifique. Freddy Krueger n'en démentira pas !

Aussi bien diaboliques, humaines, qu'animales, les griffes, ou tous symboles assimilés, ont aussi leur place dans le folklore (Jack Talon-à-ressort, les griffes du Diable), la fiction (le Loup-Garou de Londres et de Paris, Werewolf) ou la réalité (l'homme singe de New-Delhi).

Qu'elles soient larges, fines, longues, formées par l'acier ou l'os, les griffes n'hésitent pas à pourfendre, à tuer, et à déchiqueter. Mais avant d'être ce fabuleux instrument de torture, ces dernières détiennent ce pouvoir, que dis-je, cette infamie, celle qui fait frémir les chaumières lors de la pleine lune, celle avec qui l'Homme noue ses plus grands secrets : la peur.

Les huit nouvelles qui constituent ce troisième numéro de Nocturne présentent les griffes et la décrépitude sous différents contextes, liant les voies de l'imaginaire à celle d'une probable réalité... Il vous faut les lire pour y croire !

Enfin, dans son article, Michaël Moslonka nous fera part de sa vision du travail dans le monde moderne, ou comment l'argent et le travail détiennent ce pouvoir absolu, celui de dépraver l'Homme et de voir peu à peu le fond de son être se faire déchiqueter par ces diaboliques griffes que l'on nomme société...

Chers lecteurs, je vous souhaite une horrifique mais ô combien agréable lecture...

SOMMAIRE

Frédéric Gaillard

LE DIABLE ET LA DIVA

Notre Dame égrène six coups. De son pas de souris, Sofia traverse l'avenue en fredonnant Carmen d'une voix chevrotante, ses bottines marquant le rythme sur les pavés inégaux. La corne d'une automobile la tire de sa rêverie, lui intimant de presser le pas. Devant le théâtre, un homme portant blouse et casquette grises de la compagnie du gaz allume les réverbères. Les chevaux attelés aux rares fiacres encore en service piaffent nerveusement au passage des voitures pétaradantes qui s'arrêtent le long du trottoir. En descendent des messieurs en smoking, arborant fièrement moustache et favoris, et d'élégantes dames en robes colorées, parées de colliers scintillants. Les notables de la ville sont venus en nombre, ce soir. Satin, velours et perles côtoient plumes, rubans et paillettes dans une éclatante surenchère d'opulence blasée. Cruel paradoxe, un crieur de journaux en guenilles, âgé d'à peine douze ans, annonce la troisième et dernière représentation de la Diva en ville pour vingt heures. Sofia a encore le temps.

Au fond de la ruelle, une caisse de vins fins bloque la porte de service du théâtre en position entrouverte. La vieille dame s'y glisse discrètement, croisant le sommelier qui s'active, indifférent à sa présence. Un traiteur et son apprenti livrent les victuailles du repas précédant le spectacle. Une fois à l'intérieur de l'édifice, Sofia signale au directeur l'arrivée de la Diva et file en loge. Madame a donné des consignes, comme les deux jours précédents : elle ne veut voir personne, ni qu'on la dérange.

Sofia sert à l'artiste d'attachée de presse, de dame de compagnie, de souffre-douleur. Elle passe de longues heures à parler à Madame, à l'écouter se confier, à se disputer avec elle, à pleurer souvent, à rire parfois. On entend à travers la porte de la loge la voix éraillée de Sofia ferraillant avec celle, flûtée, de son employeuse, mais elles s'en fichent. Cela ne regarde personne.

Elles ne sont rien l'une sans l'autre. Madame a besoin de ses services, et Sofia... Sofia a besoin que la Diva chante. Elle est dans l'ombre de la grande Dame depuis plusieurs décennies. Personne ne la remarque mais tout le monde se sert d'elle, passe par elle, presque au travers d'elle, pour approcher la prima donna. Aux yeux du monde, elle n'est personne. Juste l'employée de la Diva.

C'est elle qui signe les photographies et les affiches à la place de Madame. Ses admirateurs n'y voient que du feu. Mais Madame n'a pas que des courtisans : l'autre jour à Marseille, Sofia a dû faire intervenir le directeur du Grand Théâtre pour faire partir un importun qui voulait se glisser dans sa loge, armé d'un couteau. Un policier a emmené le vieil homme visiblement ivre qui traitait Sofia et sa patronne de sorcières, disait venir de la Nouvelle-Orléans et être le fils de la cantatrice.

La voici dans la loge. Elle tourne le verrou, pour la tranquillité de Madame, jette capeline et manteau sur le sofa et se déchausse. Ce soir un riche industriel parisien a fait livrer douze douzaines de roses rouges. Leur parfum lui monte à la tête. Comme avant chaque représentation, elle dresse une assiette de petits gâteaux et met une bouilloire sur le fourneau. Madame aime boire un Ceylan en sortant de scène. Avec du miel.

Sur le parquet, Sofia trace ensuite à la craie un pentacle orné de signes cabalistiques, au centre duquel elle se déshabille lentement, ses articulations grinçant d'arthrose. Robe et chemisier, gaine et bas vont rejoindre manteau et capeline. Sofia n'a pas l'élégance de Madame. Bien sûr elle a été belle, attirante même. Des hommes se pressaient à ses pieds. Mais c'était il y a bien longtemps. Enfin elle détache son chignon austère et sa longue chevelure grise cascade sans un bruit sur ses épaules osseuses, ses seins tombants.

Son corps décrépit, perclus des douleurs de l'âge, est couturé de cicatrices anciennes, longues zébrures croisant les rides en un quadrillage anarchique. Sa peau, si fine qu'on pourrait voir la lueur d'une bougie au travers, est un parchemin sur lequel est calligraphiée une vie de souffrances et de larmes. Certaines stries sont cautérisées, comme si elle avait été marquée au fer rouge. D'autres, plus récentes, suppurent encore. Le frottement de la gaine les garde à vif. La douleur cuisante lui rappelle sans cesse le prix de son sacrifice.

Elle allume cinq cierges rouges, les dispose en étoile sur les bords du pentacle en psalmodiant tout bas une mélopée répétitive aux inflexions atonales. De la pointe d'un canif, elle pique le bout de son index, et dépose une goutte de sang dans la cire fondante des bougies qui grésillent, dégageant une épaisse fumée rouge sombre dont l'âcreté lui brûle les yeux. La brume virevolte autour d'elle, prend forme humaine. Un Diable cornu, au cuir rouge comme braise, se matérialise alors, assez près pour la toucher.

– Encore ? Tu es sûre ?

– Oui, encore... depuis quand ça te dérange ? Je croyais que tu t'amusais...

– Comme tu veux...

– Ce qu'elle veut ? Retrouver jeunesse et éclat, chanter à nouveau, attirer tous les regards. Alors pour avoir tout cela elle accepte le souffle sulfureux dans ses cheveux soyeux, et la souffrance.

Le Diable, ça l'a amusé les cinquante premières années, mais quand il voit les marques laissées par les dernières invocations, il hésite à chaque fois à en faire de nouvelles. Pourtant, elle insiste tellement, minaudant et usant de mille ruses de femme, qu'elle arrive toujours à retourner la situation à son avantage.

« *Si déchu que je sois, j'ai fini par trouver une âme plus damnée que moi* » pense le diable effrayé, confronté pour la première fois de son Éternité à tant de souffrance, à tant de folie.

Un instant on croirait l'Archange banni sur le point d'éprouver pitié et compassion et de la délivrer, si bien qu'au cœur de tous les enfers du monde court un unique et éphémère soupir de paix. Mais aussitôt ses vieux démons reprennent leurs occupations, l'Univers sa chute inexorable et le diable son infernale assurance. Il s'exécute donc, masquant son trouble derrière un rire sardonique.

Sous la chaleur d'enfer dégagée par le sortilège, la peau de Sofia se déforme, gonfle, s'étire. La vieille dame, en transe, étouffe ses cris de douleur en se mordant les lèvres, n'en laissant sourdre qu'un râle diffus.

Le démon se met au travail. *Zip, ziip* font les griffes sur la peau parcheminée, semblables au bruit des ciseaux sur le tissu. *Zip, ziip.* Des rubans se détachent du vieux corps comme des pelures de pomme. *Zip, ziip.* Il y met tout son art, toute son âme damnée.

Troublé, il l'est pourtant. Cette fois-ci, pour le convaincre, elle lui a demandé une curieuse faveur : dessiner elle-même la robe. Il a levé un sourcil de surprise, l'autre d'amusement. Mais quand ensuite elle lui a apporté les croquis, il a été séduit. Elle y suggérait des détails auxquels même lui, dans son infinie cruauté, n'avait pas pensé. Et dont la réalisation s'avérait fascinante mais devait être atrocement douloureuse. Il n'a encore jamais infligé ce niveau de souffrances à quelqu'un avec son accord. Et l'idée même qu'on puisse être d'accord est un concept qui va à l'encontre de ses principes. Cela rend l'exercice beaucoup moins amusant.

– Ne t'arrête pas...

Les mots surgissent par-dessus les râles. Le diable, un instant ébranlé, hésite. Un frisson glacé lui dévale l'échine. Dans un haussement d'ailes il se remet à son ouvrage.

Quiconque entrerait à ce moment perdrait la raison à la vue de cet écorché encore vivant, qui semble évadé d'une salle de dissection de la faculté de médecine, mais dont les yeux reflètent la plus terrible souffrance, au-delà de la douleur physique. C'est à peine si on devine les attraits féminins dans cet entrelacs de muscles et de tendons. Et ce démon droit sorti de l'enfer qui virevolte autour de la pauvre créature, s'acharne sur elle à grands coups de griffes, séparant les chairs, taillant et recousant les lambeaux de peau les uns aux autres dans une danse macabre, un ballet sanglant. Mais Sofia a verrouillé la porte et nul ne les surprend.

Puis le Diable l'étreint, l'enveloppe de ses ailes de cuir comme d'un cocon dans lequel il parachève sa transformation. La tenue de scène est enfin terminée. Les gémissements ont cessé.

À travers la porte, de sa voix aux cordes retendues, on entend maintenant la Diva faire ses vocalises.

C'est l'heure. Le public scande le nom de la cantatrice, tapant des mains et des pieds à faire trembler les murs du théâtre, dans un raffut du Diable. La salle est pourtant loin d'être pleine : ce soir, la plupart du Gotha parisien assiste à la première du Théâtre Optique de Reynaud au Musée Grévin.

La Grande Sofia sort enfin de sa loge, vêtue d'une tenue de scène rouge comme son sang, noire comme son âme. Un beau jeune homme en habits de ténèbres la tient fermement par la taille.

Les spectateurs, charmés, ne s'aperçoivent de rien. Il faut être versé dans les arcanes de la sorcellerie pour déceler l'horreur derrière l'illusion : le tour de cou en velours n'est que ruban de viscères, le corsage froncé rapiéçage de chairs, patchwork de zestes sanguinolents. Des lambeaux d'épiderme couvrent ses jambes, cousus les uns aux autres en une robe immonde. Pour les longs gants vermeils, le Diable a dépecé les avant-bras jusqu'au-dessus des coudes. Il a joint les deux tubes de peau en une étole qui orne les épaules de Sofia, telle une mue de serpent.

Nul ne voit le regard dément de la Diva, ni ne sent cette odeur de soufre mêlée à des relents de charogne ; nul ne peut deviner l'horrible étreinte du démon qui lui enserre la taille, une main plantée dans sa poitrine, juste sous les côtes, et lui caresse le cœur de ses griffes en la conduisant sur scène. Nul ne sait que sous l'apparence de cet ange à la voix d'or, vêtu des plus belles toilettes, se cache la beauté du Diable. Dans chaque ville traversée les critiques encensent cette éternelle jeune femme à la voix magique sur qui le temps n'a pas de prise.

On vante le style de l'énigmatique couturier autant que la voix de la Diva. Partout sa griffe est jalousée, copiée. Ses tenues extravagantes sont jugées décadentes mais fascinent. Il est à l'avant-garde de la mode du prochain siècle, dit-on. Les maisons de haute couture tentent vainement de l'acheter : le créateur a ses propres suppôts de par le monde. L'homme est un mystère. On ne le voit qu'aux concerts, qu'il suit depuis les coulisses.

La Grande Sofia monte sur scène sous les vivats. Ce soir elle chante les grands airs. Ceux qui disent la souffrance des femmes sous le joug masculin. Elle est tour à tour Antigone, Cléopâtre, Carmen. Femme, fille, sœur, épouse bafouée. Meurtrie. Et meurtrière. Elle sait mieux qu'aucune autre le prix à payer pour s'élever au-dessus de sa condition. Sa voix cristalline submerge la salle, fige l'auditoire. Ce soir plus que jamais elle est divine.

Pendant le tour de chant, elle observe à la dérobée le tout-Paris réuni à ses pieds, qui l'écoute chanter à la lueur des lampes à pétrole, littéralement pendu à ses lèvres. Des ministres, des industriels, ce que la Capitale compte d'artistes, fumant le cigare en buvant du whisky écossais comme s'il s'agissait d'eau claire, au bras de jolies et coûteuses jeunes femmes, tous sont venus pour elle dans leurs habits du dimanche. Un instant, elle les voit tels qu'ils sont en réalité : gras, gros, gris, ternes, vicieux, cyniques et pathétiques. Leurs vies asphyxiées la réclament comme une bouffée d'oxygène. Elle tient dans son souffle leur souffle de vie.

Pendant les dernières mesures de Carmen, elle comprend qu'ils sont totalement en son pouvoir, leur volonté soumise à la sienne. Elle sent leur énergie affluer par vagues, la pénétrer, la chavirer. Elle sait que si elle s'arrête là, en plein milieu du prochain contre-ut, cela les tuera tous, aussi sûrement qu'une balle de revolver. Peut-être en mourra-t-elle aussi. Mais elle continue, sentant croître en elle une force gigantesque.

À l'entracte, elle signe des photos, boit du Champagne en riant aux traits d'esprit de jeunes coqs élégants et superficiels.

Dans la seconde partie, elle se sublime en Reine de la Nuit. Son chant transcende le jeu des musiciens. Le public est pendu à ses lèvres. Des larmes de rimmel dévalent les joues des femmes et les hommes retiennent leur respiration, tendus comme avant la petite mort.

Puis vient le point d'orgue, et c'est le flottement avant les ovations, qui la trouble à chaque fois. Elle ne vit que pour ce moment, ce bref silence après l'ultime note. Ce frisson au cours duquel elle est au diapason avec le public, accrochée à leur souffle suspendu. Gloire, argent, le reste est superflu. Même la souffrance...

D'ordinaire, de retour dans la loge, elle se laisse aller sur le divan, épuisée. D'une formule ésotérique, elle congédie le Diable qui se volatilise au-dessus du pentacle. Ferme les yeux un moment. Quand elle les rouvre elle n'est plus qu'une femme chétive, usée par les ans. La grande Diva sur le divan est redevenue la frêle Sofia sur le sofa. Jusqu'au récital suivant. Ne reste alors dans la pièce qu'une tenace odeur de soufre qui imprègne sa peau, couverte de nouvelles cicatrices, jusqu'aux tréfonds de son âme.

Mais ce soir, elle ne veut pas redevenir l'invisible servante. Elle veut prolonger l'ivresse de ce moment, quel qu'en soit le prix.

Bien sûr il y a des risques : Sofia doit rester cachée, continuellement changer de ville, de pays. Il est de plus en plus difficile de faire illusion. L'autre jour un jeune homme du nom de Louis Lumière l'a accostée à la fin d'une représentation dans une ville française pour lui parler de son invention, des images projetées sur un drap, qui permettrait de la voir s'animer, et de l'entendre chanter, partout dans le monde. Il lui a demandé la permission de la filmer. Malgré son envie, elle a hésité. On entend déjà sa voix sur phonographe dans plusieurs pays, et son visage est sur tant de photos... Si un jour on s'aperçoit qu'elle chante depuis plus d'un demi-siècle ! La chasse aux sorcières n'est pas si ancienne…

Et cet homme, l'autre jour, qui s'est annoncé comme étant son fils. Ce fils maintenant plus âgé qu'elle, abandonné enfant pour des rêves de gloire, rêves virant au cauchemar quand cette méningite foudroyante, six mois plus tard, brisa net ses aspirations en même temps que sa voix, à l'âge de vingt ans. Et le désespoir qui s'ensuivit, la conduisant à ce pacte insensé.

Alors ce soir, l'orgueilleuse créature trouve la force de défier son geôlier. Elle se sent assez puissante pour l'affronter, assez diabolique pour le vaincre. Et s'en affranchir.

– Je suis lasse de cette vie. Je hais cette lente décrépitude, ce corps usé. Je veux que tu me restitues ma beauté, mes vingt ans. Définitivement.

– Non. On a fait un pacte... Je te rends ta jeunesse seulement le temps des concerts. C'est toi qui en as fixé les termes, non ?

– Modifie-les.

– Je ne peux pas... tu as signé.

– Alors rends-moi ma liberté.

– Impossible. Les théâtres te réclament.

– Que veux-tu en échange, cette fois ?

– Tu ne peux rien me donner de plus. J'ai déjà ton âme, souviens-toi...

– Mais...

– N'insiste pas.

Elle marque un temps d'arrêt. Tout à l'heure, sur scène, la marionnette possédée, dont il ne reste plus d'humanité qu'un fragile feu follet vacillant au tréfonds de son âme, s'est pourtant sentie l'égale de son marionnettiste. Plus que jamais auparavant, elle a senti la puissance des enfers monter au creux de ses reins, en un séisme qui a envahi tout son être, lui coupant presque le souffle au beau milieu de son récital.

Elle ne peut plus se passer de ce pouvoir auquel elle a goûté, qui met hommes et femmes à ses pieds, dans son lit. Qui provoque leur soumission totale à ses désirs.

Seulement, soir après soir, année après année, la frustration de devoir abandonner ce merveilleux pouvoir une fois son tour de chant terminé la ronge. Ce soir, tout particulièrement. Ce soir, elle est prête à tout pour le conserver éternellement. Mais ce tout, elle l'a déjà donné. Même cette flamme qui luit faiblement au fond d'elle ne lui appartient plus. Et le diable est coriace.

Le sortilège s'estompe déjà, et déjà elle redevient cette créature sans âge, catarrheuse, acariâtre, cette vieille folle qui ne se ne supporte plus.

Elle voudrait pleurer, mais aujourd'hui encore la pluie reste dans les nuages. Alors Sofia gronde, tempête, maudit le Diable qui l'est déjà tant. L'attrape par le col, le frappe.

– Je t'ai invoqué. Tu m'appartiens... Tu dois m'obéir. Tu es à moi ! À moi !

Elle tambourine de ses frêles poings sur le torse robuste du démon.

Lui, sourire aux lèvres, vacille sous les coups de la Diva dont les sutures craquent les unes après les autres, révélant sa vraie nature, laissant apparaître l'horreur de ce qu'elle est devenue.

Dans la lutte, son pied heurte une bougie et elle renverse le petit poêle dont le pétrole se répand à terre. Le liquide prend feu, enflamme le peignoir en pilou, les coussins, les costumes, les affiches sur le mur... Le plancher s'embrase autour d'elle.

Décembre 1896. Une vieille femme a rendez-vous avec le directeur du Théâtre Royal de Montréal. Une large capeline cache une partie de son visage, qu'il devine atrocement brûlée. Il a entendu parler d'un tragique incendie dans un théâtre d'Europe, qui a fait de nombreuses victimes après une représentation de la grande Sofia Mercier, l'an dernier, mais il ne fait pas le lien. Comme envoûté, il écoute la septuagénaire, signe machinalement le contrat et lui tend une clé. Elle lui donne des affiches à mettre en vitrine et lui transmet les consignes de sa maîtresse.

— Madame ne veut pas être dérangée...

Il la raccompagne poliment jusqu'à la porte et retourne à son bureau derrière lequel il s'assoit mécaniquement. Il plante ensuite son regard sur la photographie de la grande Sarah Bernhardt, en soupirant, et son esprit se perd dans un songe érotique.

Une jeune femme en train d'astiquer les bibelots du couloir suspend son geste au passage de cette vieillarde au visage dissimulé par un chapeau, qui parle toute seule avec cet accent étrange qu'ont les français.

— Qu'est-ce que tu as dit, vieille sorcière ?

— Rien, madame.

La voix de la vieillarde change de timbre à chaque phrase, contrefaisant le timbre d'une plus jeune femme :

— Je t'ai entendue marmonner. Répète si tu l'oses...

Comme poussée par la menace, la voix plus âgée réplique d'un ton acerbe :

— Madame l'est déjà bien assez, voilà ce que j'ai dit.

— Vieille insolente. Tu mériterais que je te congédie sur le champ !

— Ça, ça ne dépend pas de madame !

Sentant qu'elle a touché un point sensible, la vieille marque un temps d'arrêt. Dans son dos, la femme de ménage reprend son labeur. Ce n'est pas la première fois qu'elle voit une actrice répéter dans ces couloirs. Les artistes, prisonniers de leur bulle, font rarement attention à elle.

— Il a cru que des brûlures m'arrêteraient, que je renoncerais. Mais je l'aurai, dussé-je le poursuivre en enfer. Ce soir, tu verras... Je le vaincrai. Ce soir ou un autre. Pendant mon *absence* — elle effleure la partie racornie de son visage — j'ai étudié les arcanes de la sorcellerie. Aujourd'hui, je suis bien plus puissante que lui. Cette fois, il va me rendre ma jeunesse et ma beauté. Et ma liberté. Je suis prête.

J'irai jusqu'au bout.

Sofia se trouve brusquement nez à nez avec un grand miroir piqué encadré de dorures. La vieille dame grimace et murmure en détournant le regard :

– Dans son arrogance aveugle, madame pense qu'elle mène la danse. Mais la dernière fois il a montré à madame qu'il avait repris la main. Je crois bien qu'il ne l'avait jamais perdue.

La femme de ménage s'interrompt à nouveau, regardant, avec pitié cette fois-ci, la vieille dame disparaître à l'angle du couloir.

Sofia rejoint enfin sa loge, un rictus haineux déformant sa joue intacte. Du côté droit de son visage, qu'elle dissimule dans l'ombre, une unique larme coule du coin de son œil et reste accrochée à la peau racornie de son autre joue. Elle tourne la clé dans la serrure.

– En scène. Mon public me réclame !

D'une bourse en cuir pendue à son cou, elle sort un bâton de craie. *Que le spectacle commence* !

FIN

Alice Ray

ELLE

— Sa maison ?

Le notaire hocha la tête. Anthony Allan n'en croyait pas ses oreilles. Pourquoi lui ? Ils se détestaient cordialement depuis leur plus tendre enfance. Il sentait le piège, mais il n'en montra rien. L'homme de loi fit glisser un papier sur la table puis, lui tendit un stylo. Anthony fixa ses yeux sur l'objet pendant un long moment. Sa cousine n'avait été que source d'emmerdes et de haine. Rien d'autre.

— Voici les clefs.

— Anthony signa le papier, sans le lire. S'il y avait anguille sous roche, c'était à l'intérieur du bâtiment et il lui tardait de voir ça.

— Je peux y aller ? Tout de suite ?

Le masque de neutralité se craqua un instant. Le notaire rit.

— Elle est à vous.

En réalité, cela tombait bien. Depuis un certain temps déjà Anthony pensait revenir dans sa région. Il était parti depuis près de quinze ans. La campagne verdoyante, l'atmosphère familiale, naïve et dure à la fois lui manquaient. Il serra la main de l'homme et arrêta soudain son geste. Une question venait de lui frapper l'esprit et la réponse l'inquiétait.

— De quoi est morte Anna ?

Le notaire fronça les sourcils et fouilla quelques instants dans ses papiers. Il en sortit une feuille blanche typographiée qu'il prit le soin de lire attentivement pendant quelques instants. Il redressa la tête.

— De vieillesse, monsieur…

Anthony fut surpris de cette réponse.

— De vieillesse ? Mais…

Il fit demi-tour et se rassit subitement.

— Mais…Anna avait mon âge.

La maison était une vieille bâtisse, envahie par le lierre, les toiles d'araignées et les trous. Les fenêtres branlantes donnaient sur un jardin mal entretenu. Les ronces et les mauvaises herbes en avaient fait leur territoire. Mais il y avait quelque chose de terriblement hypnotisant dans cette façade croulante et cette atmosphère poussiéreuse. Il s'approcha et caressa la porte, tremblant.

Il enfonça la clef dans la serrure et la tourna. Il hésita encore quelques secondes avant d'ouvrir la porte. L'intérieur était noir et glacial. Les fenêtres, toutes fermées ne laissaient passer que quelques pâles rayons de lumière. Anthony chercha à tâtons l'interrupteur. L'ampoule de l'entrée se mit à grésiller. Et elle s'éteignit dans une gerbe d'étincelles. Il sursauta. Dans quoi s'était-il embarqué ?

Il découvrit des pièces qui paraissaient avoir plus souffert du temps que de la présence humaine. Les papiers peints défraîchis tombaient en lambeaux sur le sol poisseux. Les portes ne s'ouvraient que sous l'impulsion violente de son épaule et leur grincement aiguë, à la limite du supportable, résonnait dans toute la bâtisse. Que sa cousine, si coquette et parisienne, ait pu vivre dans cette ruine l'étonnait au plus haut point. Le faisceau de sa lampe s'arrêta quelques secondes sur les escaliers, mais il décida de tenter le diable un peu plus tard.

La maison devait être complètement refaite. Il avait conscience de la folie de son geste, mais quelque chose dans cette bâtisse l'attirait : comme s'il avait attendu toute sa vie de pouvoir venir habiter ici. Malgré l'état de délabrement des murs et de l'intérieur, Anthony se sentait poussé par une force invisible qu'il ne comprenait pas. Il allait habiter ici et trouver pourquoi sa cousine lui avait léguée.

Il ressortit du bâtiment, un sourire sur le visage bien qu'une lueur inquiète emplissait ses yeux. Une vieille dame le regardait de l'autre côté de la rue, dans son jardin. Elle était agenouillée à terre et arrachait des plantes mal venues. Anthony frissonna, mais il lui parut de bon ton d'aller vers elle. Il traversa la rue. La femme ramassa sa canne et se leva. Plus le jeune homme approchait, plus elle reculait vers sa maison. Il s'arrêta et afficha un sourire charmeur.

– Bonjour. Je m'appelle Anthony, je vais emménager ici après avoir restauré la maison.

Elle ne lui répondit pas et rentra précipitamment chez elle.

Anthony haussa les épaules. C'était mieux ainsi, il n'aimait pas les voisins envahissants.

Il se sentait fatigué, tellement fatigué. Il s'était vite rendu compte que tant que les travaux ne seraient pas terminés, il lui serait impossible de vivre dans cette mansarde. Après le boulot, tous les soirs, il revenait et travaillait jusqu'à très tard la nuit. Six mois étaient passés et il regardait à présent une maison rafraîchie et, surtout, habitable. Il soupira. Son bleu de travail, irrécupérable à présent, était couvert de peinture et de tâches.

Mais il contemplait son œuvre de l'extérieur, et il était fier. Content que tout soit terminé, et, bizarrement, il se sentait soulagé d'un poids. L'idée qu'il allait pouvoir enfin y habiter le remplissait du sentiment nouveau d'avoir enfin atteint son but. Cependant, il se demandait toujours comment sa cousine avait pu habiter ici. Anna n'avait jamais été très nette…

Il entendit un bruit derrière lui. Il se retourna, surpris. La porte de la maison d'en face était entrouverte. Il fronça les sourcils, il n'avait pas revue la vieille femme depuis le premier jour de son arrivée. Elle sortit pourtant, s'appuyant toujours sur sa canne. Elle avait les cheveux argentés et des lunettes lui rongeaient les trois quarts du visage. Elle traversa la rue, lentement, sans même regarder s'il y avait de quelconques voitures.

La mort n'a plus d'importance.

Il attendit qu'elle arrive jusqu'à lui et sourit.

– Je peux vous aider madame ?

Elle planta violemment son bâton dans le sol et s'y cramponna. Les yeux plissés, elle ne le regardait pas, elle n'avait d'yeux que pour la maison. Anthony en profita pour la dévisager. Il remarqua ses doigts. De longs doigts décharnés.

Des griffes.

Froides. Sans état d'âme. De longues veines parcourant la peau en lambeaux.

Anthony ouvrit de grands yeux horrifiés. Il voulut parler mais seul un son guttural sortit d'entre ses lèvres. Il secoua la tête et la vision disparue. Cette dame était tout à fait normale.

– En fait, jeune homme, c'est moi qui viens vous aider.

Il eut un petit geste de recul, surpris.

– C'était votre cousine ici?

Il ne répondit pas. La question ne méritait pas de réponse. La vieille femme avait l'air bien au courant. Il l'imaginait, épiant ses voisins à l'aide de jumelles. Cette idée le fit sourire. Elle tourna les yeux vers lui et son sourire se figea en un rictus. La vieille dame était pétrifiée de peur, il voyait dans ses yeux des ombres qu'il aurait aimé ne jamais apercevoir. Son sang se glaça dans ses veines. Et puis, tout disparut. Les yeux de la femme n'étaient pas horrifiés, seulement fatigués par une vieillesse lente et solitaire. Elle devait avoir vu bien des choses avec ces yeux là.

– Une gentille fille.

Anthony fit la grimace. Sénile. Il n'y avait pas d'autre solution.

– Elle est morte lentement, vous savez.

Il s'éclaircit la gorge afin de couper court à la conversation, ou plutôt, au monologue. Cela devenait étrange, inquiétant et plutôt glauque, il voulait enfin s'installer tranquillement, se mettre dans son canapé et s'abrutir des heures durant devant des émissions télévisées débiles. Mais elle ne faisait plus attention à lui, elle était repartie à dévisager la maison, les mains tremblantes sur sa pauvre canne.

– C'est elle qui l'a pris vous savez…

Elle pointa du doigt le vieil arbre, presque mort, sur le côté de la maison. Il était très mal placé et Anthony s'était déjà demandé plusieurs fois s'il ne ferait pas mieux de le couper complètement. Mais il donnait du charme à la maison. Et chaque fois qu'il y pensait, une émotion étrange le submergeait. Une sorte de terreur sourde et de picotement désagréable, comme le frottement d'une hache contre sa chair. Il ne pouvait pas le couper.

Il se tourna vers la vieille femme et recula d'effroi. Son doigt, ridé, crochu, complètement déformé par le temps et le labeur.

Une griffe à l'ongle démesuré.

Une immense lame désignant l'arbre. Il lui semblait entendre le crissement d'un rire aigu et faux venant de nulle part et de partout à la fois.

Et puis, une fois encore, tout disparut. Il devenait fou. Il se frotta les yeux et les ferma quelques secondes. Il avait trop travaillé et il ne savait même plus ce qu'il voyait… Mais quand il rouvrit les yeux, la vieille femme était toujours là. Elle le regardait, inquiète.

– Ça commence, vous voyez.

Sur ce, elle s'éloigna, exactement comme elle était venue. Et Anthony se retrouva tout seul, debout, figé, devant sa nouvelle demeure. Le vent se mit à souffler. Derrière lui, il entendait les branches du vieil arbre craquer. Un frisson lui parcourut l'échine. Ce devait être la folle du village. Et lui, avait besoin de repos. L'arbre craqua un peu plus fort. Il était temps de rentrer.

Il se plaisait à l'intérieur de cette maison, pourtant, quelque chose le gênait. Il se sentait affaibli, presque malade et le discours de la vieille dame lui revenait sans cesse à l'esprit. Un jour qu'il pouvait à peine bouger de son lit, il remarqua que l'arbre mort en face de sa fenêtre venait toucher les vitres de ses branches tordues. Il les voyait parfaitement bien, ainsi allongé. Elles flottaient dans le vent et craquaient sous l'effet de leur propre poids. Anthony ferma les yeux. Il entendait dehors gronder un orage sourd, sans pluie. Quand il rouvrit les paupières, il cria.

Devant sa fenêtre, prêtes à entrer à l'intérieur, des griffes immenses et tordues s'agitaient. Elles lui faisaient signe. Elles l'appelaient de tout leur souffle. Le téléphone sonna. Le jeune homme sursauta et les griffes redevinrent les branches d'un vieil arbre au crépuscule de la vie.

Un soir, il remarqua que, étrangement, toutes les branches de l'arbre étaient tournées vers la droite de son lit, au niveau du sol. Il regarda le plancher. Il ne se comprenait plus. Comment pouvait-il croire que les branches d'un arbre à moitié mort lui indiquaient quelque chose ? Et pourtant, plus il les regardait se balancer dans le vent et venir frapper à la fenêtre, plus il s'apercevait que toutes, absolument toutes celles qu'il voyait, montraient le même endroit. Fatigué et courbaturé, il voulut se lever et se prit les pieds dans la couverture. Il s'étala sur le sol. Anthony resta ainsi pendant quelques instants, respirant fort, le visage écrasé contre le plancher froid. Enfin, il se redressa et remarqua qu'une des planches du parquet était beaucoup plus haute que les autres. Il se traîna jusque là et redressa les yeux. Les branches semblaient le montrer lui à présent, cet endroit précis du parquet. Délicatement, il retira la planche. Une boîte rouillée attendait. A l'intérieur, des photos d'une petite fille. Une brune à la peau de porcelaine, vêtue d'une jolie robe. Les images en noir et blanc, jaunies par le temps, dataient toutes du même jour. Une croix chrétienne avait été dessinée à l'encre dans chaque coin gauche.

Anthony passa la main dans ses cheveux et quelques mèches lui restèrent entre les doigts. Il les fixa, longuement. Comment était-ce possible…? Et puis, il remarqua: leur couleur…

Blanches.

Comme la neige tombant l'hiver ou la robe immaculée d'une jeune fille sacrifiée. Il se précipita dans la salle de bains et se regarda dans le miroir. Ce n'était pas lui. Où était parti son reflet ?

Il mit sa main sur la glace, devant son visage. Mais la touffe de cheveux blancs qu'il avait au-dessus de la tête dépassait de part et d'autre de ses doigts. Les yeux exorbités, il courut dans le salon chercher son appareil polaroïd et se prit précipitamment en photo.

Mais là encore, il avait les cheveux blancs, une mine maladive, les rides d'un vieillard de soixante-dix ans. Anthony avait vieilli. En quelques jours, il avait pris une quarantaine d'années.

Il ne pouvait pas le croire. Il y avait quelque chose dans cette maison, quelque chose d'absolument glauque, plus qu'une petite fille morte. Seulement, il n'arrivait pas à comprendre quoi. Il avait encore besoin de repos. Il allait se reposer et dès qu'il pourrait marcher à nouveau, il sortirait d'ici. Et il ne verrait plus que ce qu'il y avait à voir. Et uniquement ce qu'il y avait à voir. Il n'avait pas les cheveux blancs, et encore moins quarante ans de plus. Il prit une profonde inspiration et tenta d'oublier cette affreuse expérience.

Le lendemain, il retrouva la photo de lui qu'il avait prise. Et il remarqua, dans le coin gauche, une petite croix chrétienne avait été tracée à l'encre, soigneusement, sans bavure. Elle était juste là.

Dans son lit, la couverture remontée jusqu'au menton, les mouchoirs et les cachets pour la migraine à portée de main, Anthony tapait à toute vitesse sur le clavier de son ordinateur. Il ne trouvait rien. Mais comment pouvait-il chercher correctement alors qu'il n'avait que des symptômes fantaisistes ?

Il devait trouver quelque chose. Non pas parce qu'il y avait quelque chose à trouver, mais parce qu'il ne pouvait plus supporter l'idée qu'il devenait fou. Une branche noire tapa contre la vitre. Anthony fit un bond. La griffe au dehors ne cessait d'aller et venir conter la fenêtre. Elle murmurait dans le vent. Il se sentait tellement faible. Il n'avait plus la force d'avoir peur. Les yeux vides il regardait cet ongle immense venir, encore et encore.

Anthony ne put s'empêcher de regarder encore une fois ces photos, derniers témoins de l'existence futile d'une petite fille sûrement déjà morte. Il ne cessait de passer et de repasser son doigt sur ce visage figé. Il remarqua un papier collé au fond de la boîte en fer. Il le décolla et tenta de décrypter l'écriture italique effacée par les ans.

«Jamais elle ne nous laissera l'oublier.»

Un frisson parcourut l'échine d'Anthony. Et la porte claqua. Encore. Le plancher se mit à grincer. Il toussa. Il sentit ses poumons se détacher et retomber à l'intérieur de sa poitrine. Il se passa une main sur le visage et sentit les rides creuser ses joues et son front. Il ne voulait pas se voir. Ce n'était que son imagination. Comme cette griffe au-dehors, comme le claquement de la porte. Il sentit un air frais sur sa nuque. Mais ce n'était pas réel.

Il voulut se lever mais quand il repoussa la couverture, il suffoqua. Ses jambes…pleines de varices, creusées par des rainures énormes, toutes tordues et bleutées. Des jambes de vieillard. Anthony se rejeta dans son lit, impuissant.

Des larmes silencieuses coulaient le long de ses joues. Il fallait qu'il appelle un médecin. Mais que lui dire ? *«Bonjour, j'ai 31 ans, et j'ai l'impression d'être un vieil homme, plus qu'une impression puisque je me vois, physiquement, comme un vieil homme décrépi. Docteur, envoyez-moi à l'hôpital psychiatrique.»*

Non.

Il regarda dehors.

Les griffes…

…les branches de l'arbre semblaient calmes, sereines. Elles étaient toutes tournées vers lui, comme des armes prêtes à être lancées sur leur pauvre victime. Il ne pouvait plus en détacher le regard. Il sentait tout son corps trembler. Il se rallongea dans son lit, remit la couverture jusque sous son menton et tenta de s'endormir. Mais l'image était toujours là, bien vivante. Il pouvait les voir, se tordre pour rentrer. Elles se rapprochaient. Elles glissaient à côté de lui. Le vent faisait claquer la fenêtre. Les murs semblaient vibrer par quelques forces invisibles. Les griffes s'insinuèrent sous la couette… et les doigts glacés d'une petite fille livide et sans âge se serrèrent autour de son cœur. De plus en plus fort. Dehors, le vent fit ricaner l'arbre et la vieille dame tira ses rideaux.

FIN

Nicolas Cluzeau

L'ÉVEIL

« Nous condamnons Brytomarte Caniparole, capitaine des Panthères Noires, infection purulente, fluxion immonde et fléau puant de l'humanité, aux Champs de Douleur Éternelle et de Déliquescence du Tartérus. »

La voix sonne dans son esprit comme les trompes graves des montagnards orientaux. Un séisme sous son crâne. Le réveil est pénible. Brytomarte sent sa tête comme enserrée dans un étau de glace. Est-ce cela, la mort ? Elle ne se souvient de rien. Ne voit rien. Le noir absolu. Ne sent rien. Son nez est bouché. Ne ressent rien. Son corps, immobilisé, la fait souffrir. Des crampes, partout. La douleur éternelle, est-ce cela ?

Par contre, elle goûte. Car, instinctivement, elle a ouvert la bouche pour respirer et quelque chose de gluant, comme une toile d'araignée épaisse, s'est insinué sur sa langue, entre ses lèvres. Un goût d'amande douce, mais aussi de cendres, de résidu de métal : une matière qui se dissout alors qu'elle la déchire avec ses crocs.

Respirer ? Donc, je ne suis pas morte, se dit-elle.

Des crocs ?

La pensée déclenche en elle une réaction de terreur intense. Elle se raidit dans son cocon, sa gangue de matière ridige et craquante. Ses membres bougent. Des déchirures se créent, le bris se répercute en échos dans l'obscurité.

– Au secours, libérez-moi ! hurle-t-elle, désespérée, étouffée, mourante.

Mais les sons qui sortent de sa gorge, des grognements secs, n'attirent la pitié de personne. Elle n'arrive qu'à s'empêtrer un peu plus dans la matière. Des filaments s'enfoncent dans sa gorge, elle tousse, manque s'étouffer.

Elle sent soudain que quelque chose jaillit de ses doigts et de ses orteils. D'un coup, la conscience de son corps, l'instinct physique de soi, lui apprend que ses formes, ses contours, sa silhouette sont déformés d'une manière ou d'une autre.

Furieuse, apeurée, folle de rage, Brytomarte agite ses membres, ses pieds et ses mains – ses pattes ? – ravagent la gangue qui l'enferme. Bientôt à quatre pattes, elle s'étire, crache les filaments de cette toile solide. Elle s'ébroue, frappe le sol de pierre avec sa gueule pour en chasser ce qui lui masque les yeux.

– J'ai cru que tu n'y arriverai jamais, fait une voix chevrotante à côté d'elle – ou derrière, devant, lointain, proche ? l'écho se répercute autour de la jeune femme.

Couleur vermillon sont les ténèbres. Brytomarte se débarrasse du reste de la gangue qui lui couvrait les yeux en secouant la tête. Elle sent un grondement monter de sa gorge. S'en étonne. Tousse. Éprouve ses muscles. Se tenir à quatre pattes semble être naturel. Ses griffes raclent le sol. Dur, celui-ci lui fait mal.

– Te souviens-tu de ton frère, Irgolène ? questionnent les ténèbres. Ou est-ce Brytomarte la dévoreuse qui a pris le dessus ?

Brytomarte se fige. Irgolène. Brytomarte. Les souvenirs affluent. Torrents de lave en fusion qui la consume. Elle veut hurler à nouveau. Seul un rugissement plaintif résonne dans la rouge obscurité. L'image d'un frère découpé en deux par un espadon noir et argent traverse son esprit ; elle est là, elle est Irgolène, elle est aspergée de tout ce sang et de ses viscères ; petite fille entrant à peine dans l'adolescence. Puis la mort survient. Et une nouvelle vie, dans les bas-fonds d'une capitale d'Empire, dont elle ne se souvient pas du nom ; les sévices, la protection qu'elle crée autour de son frère boiteux ; puis ce cul de basse-fosse où l'épouse d'un client l'a enfermée, elle, Brytomarte, parce qu'elle a émasculé son mari ; la cruauté de cette femme qui lui donne à manger dans un seau trois jours plus tard ; et Brytomarte mange, mange, affamée, et découvre la tête de son frère au fond du ragoût froid...

– Tu es coupable, Brytomarte, assène la voix en ondes de choc indescriptibles qui plaquent Brytomarte au sol hérissé de petits stalagmites tranchants. Les Dieux t'ont condamnée à n'être qu'un souvenir dans l'âme de ton frère, et tu connaîtras les affres de la douleur et de la déliquescence.

Brytomartre sent son corps se tendre. Les élancements de ses nombreuses coupures lui donnent un coup de fouet. Elle se redresse. La lumière rouge sang se dilue lentement dans un mauve malade, des formes commencent à apparaître, caverne basse hérissée de cristaux tranchants. Elle s'aperçoit qu'elle tient sur des coussinets. Autour d'elle, les restes de la gangue de cet étrange cocon.

Les cristaux, comme de milliers de miroir, lui renvoient l'image fracturée d'une panthère noire à la fourrure couturée de cicatrices. Comme si quelqu'un avait recousu un corps séparé en mille morceaux.

Une atroce puanteur envahit le lieu. Brytomarte plisse le museau, recule. Devant elle se tient, baignée d'une aura cramoisie, une créature écœurante : deux êtres la composent, deux jeunes hommes dont les membres, les têtes, les corps ont été reconstruits au hasard. Sa peau blafarde est striée de blessures d'où s'écoule la lumière vermillon. L'un des visages, distordu de manière affreuse, comme si on l'avait mâchouillé, a la bouche cousue de fil d'acier. L'autre tête, chauve, cicatrice hideuse du menton au haut du crâne, a une longue langue bifide qu'elle fait claquer dans l'air glacial.

– Je suis l'incarnation de tes deux frères trahis, siffle-t-elle, et chaque syllabe est comme une lame d'air tranchant qui frappe la féline et la transperce de sa rage. Assassinés. Abandonnés à la mort lente, la dévoration, la décomposition et le royaume de la décrépitude au sein du Tartéris.

Brytomarte réussit à affronter la tempête des mots, qui s'accrochent à elle pour essayer de la déstructurer, de la faire pourrir sur place, et rugit :

– Mes frères étaient la prunelle de mes yeux. Je les ai toujours protégés comme ils m'ont protégée, moi, de la souffrance, de la mort et des monstres de ces vies multiples.

La panthère noire s'avance vers la créature malgré le flot d'horreur qui se déverse d'elle. Les deux corps imbriqués, fusionnés, flottent toujours, égrénant leur chair disloquée et leurs larmes de sang.

– Tu mens, putride créature au service de dieux iniques et d'une nature aussi déloyale que chaotique ! Nous avons souffert, nous sommes morts et nous continuons à souffrir dans les terribles ténèbres du Tartéris par ta faute ! Heureusement que Plutonis, le dieu des morts, a un sens de la justice pointilleux : il va nous permettre de nous venger maintenant que toi aussi, tu as poussé ton dernier souffle. Notre puissance va te consummer pour l'éternité, panthère vile et veule, femme indigne, sœur méprisable et honnie !

Brytomarte est abasourdie par une telle haine, elle qui avait longtemps cru avoir oeuvré pour la survie de tous, au détriment de sa propre vie pendant ses existences antérieures. Elle a comme un doute sur sa dernière mort, cependant, et se demande pourquoi elle a cette forme féline – qui lui va si bien.

– Je ne sais pas qui tu es, immonde créature corrompue, mais je ne te laisserai pas salir mon nom et celui de ceux qui furent la chair de ma chair, le sang de mon sang, mes frères adorés, mes parents chéris et ma vie. Tu vas payer pour tes insultes.

Brytomarte s'élance sur les cristaux tranchants, s'écorchant les coussinets, mais ses griffes la protègent. Bondissant sur des rocs isolés, elle se rapproche de cette horreur en lévitation dont le pouvoir se déchaîne sur elle, brûlant sa fourrure. Une de ses oreilles se consume dans des flammes noires et l'horreur rit. Le deuxième visage se tourne vers elle, puis vers la tête chauve, une expression de regret sur ses traits déformés. La féline bondit alors et s'accroche avec ses griffes à la peau purulente de la chose. Des tentacules de chair pourrie se saisissent d'elle et l'enserrent à lui faire craquer les os.

– Brytomarte, Ô Brytomarte, fait le visage à la cicatrice hideuse, te voilà enfin là où je voulais que tu sois. Tu comprendras bientôt la somme de souffrances que je/nous avons endurés à cause de toi. Déjà de moi à toi, passent des souvenirs des vies passées.

Deux autres bras s'allongent et se transforment en pseudopodes, frappent la fourrure de la panthère, essaient de la percer. Celle-ci se débat et griffe, déchiquète à tout va de ses pattes antérieures et postérieures : lambeaux de chair putréfiée et des morceaux d'os tombent au sol, se dissolvant en un liquide noirâtre et nauséabond.

Brytomarte combat, se rebelle, se contorsionne, mais son corps commence déjà à perdre son intégrité. Elle refuse que les images du passé envahissent son esprit et ne la minent. Elle refuse de comprendre que sa destinée, lors de sa vie dernière, n'en a fait été qu'un souvenir d'âme, déjà pourri de l'intérieur par une ancienne malédiction et par Plutonis elle-même. Brytomarte ne veut pas qu'on lui rappelle son statut de moins qu'humaine, de sous-créature sans intérêt dans le Multivers. De vermiceau inutile, sans but, sans raison, sans libre-arbitre. Elle sent que le contact avec cette chose décatie va la réduire en bouillie, pure et simple, et qu'elle ne sera qu'un tas de gadoue quelque part dans le Tartéris, et qu'on pourra patauger dedans sans vergogne.

– Et pourtant tu as accompli un rituel il y a peu, avant ta deuxième mort, dit une voix au milieu du tumulte et de tourbillonements d'énergie et de violence sanglante.

Le temps s'arrête. Brytomarte a l'impression que ses griffes se meuvent à la vitesse d'un escargot. Elle baisse le regard vers la deuxième tête. C'est Rélik, son frère dévoré, mâchouillé. Il a ôté ses fils d'acier de sa bouche, un par un, pendant le combat. Ses lèvres déchiquetées articulent des mots qui franchissent la distance avec peine, mais leur pouvoir a ralenti le temps lui-même.

– Rélik, je n'ai pas voulu ce qui s'est passé, tu le sais, grogne alors Brytomarte. Je ne savais pas, je te le jure, je ne savais pas que c'était toi que cette chienne aristocrate avait cuit dans le seau...

– Je sais, ma sœur. Mais Thamien ne veut rien savoir. Il est sûr que tu es responsable de notre souffrance commune, ici, au sein du Tartéris.

– Comment ? C'est impossible. Jamais Thamien n'a pu te rencontrer... Trois cents années vous séparent...

Le temps commence à reprendre son cours. Les mouvements s'accélèrent. Des lambeaux de peaux noircis et brûlés volent. De la fourrure se détache du corps de la féline. Elle commence à perdre ses griffes, gagnées par la corruption.

– Pense aux flammes, Brytomarte, lui lance Rélik. Les flammes purificatrices des Inquisiteurs Vilanais !

Le temps revient à la normale. L'horrible tête chauve est déformée par l'assurance de la victoire. Des tentacules rouges, presque liquides, enserrent de plus en plus Brytomarte. Celle-ci peine à continuer, c'est comme frapper de l'eau avec une épée.

– Avoue ta défaite, Brytomarte, et ton châtiment sera abrégé ! hurle le fou aux yeux éclatés.

– Jamais ! rugit-elle en réponse.

– Maintenant ! lui lance son autre frère.

L'autre créature forme avec ses côtes distendues un cordon ombilical qui s'élance et perce le flanc de la féline. Une puissante lave s'écoule, jaillit comme un geyser vers Brytomarte. La féline accueille le feu qui la consume et ouvre la gueule. Les flammes explosent en un cone monstrueux, englobant la créature. Celle-ci lâche la panthère qui s'empale à moitié sur les cristaux en contrebas.

La chose brûle en hurlant. Brytomarte a le temps de voir la tête mâchouillée lui dire « merci » avant que les cendres ne soient emportées par un puissant courant d'air. Brytomarte se remet péniblement sur ses pattes. Sa fourrure est dans un sale état. Un de ses yeux pend hors de son orbite. Sa gueule n'est plus qu'un amas de chairs calcinées. Elle boite, une de ses pattes antérieures reste sur le sol derrière elle.

Une lumière d'un jaune doré bienfaisant envahit la grotte. Celle-ci disparait lentement. Le sol se craquèle, se rebelle, ne veut pas céder. Mais la lumière l'englobe, le dévore, les cristaux fondent dans la clarté.

Un jour nouveau se lève sur l'âme de Brytomarte.

Brytomarte entre dans la lumière.

***

– Elle s'est extirpée de sa culpabilité, de ses responsabilités antérieures et a survécu à tous les rituels de renaissance, dit le premier chamane.

– Cela fait cinq ans que nous la préparons à cela, fait une femme aux traits brûlés par le soleil et le vent. Sa mort de l'autre côté du monde était inévitable. Son morceau d'âme a survécu et est venu jusqu'ici, alors qu'il aurait dû être consumé.

– On peut dire que nous avons fait du bon travail.

L'ombre d'un épaulement rocheux les recouvre. Non loin, trois petits takis broutent tranquillement.

Au-delà, le soleil de midi éclabousse les hautes herbes jaunes de la steppe. Le chamane et sa compagne s'accroupissent. Une lionne des montagnes finit de mettre bas : quatre petits lionceaux sont déjà sur ses mamelles à réclamer leur pitance. Le dernier est une petite femelle noire de fourrure aux yeux déjà ouverts et étonnamment humains.

– Bienvenue dans le monde, petite garoue Brytomarte, dit la femme, chamane elle aussi.

Elle s'empare de son tambourin et esquisse quelques pas de danse en chantant un poème nordène sur la renaissance purificatrice. Son compagnon essuie les liquides biologiques qui entourent la petite panthère. Celle-ci se laisse faire, puis se redresse sur ses pattes aisément. Depuis sa gorge monte un feulement, puis une voix de petite fille sort de sa gorge :

– Merci, vous avez tenu votre promesse.

Le chamane secoue la tête.

– Tu l'as tenue envers toi-même. Ton animal totem t'a guidé. A sauvé l'erzatz d'âme qui te restait.

– Alors je suis de nouveau Brytomarte, l'humaine.

L'homme acquiesce.

– Et l'animal totem.

– Je devine qu'il y a un prix à payer.

– Les esprits font toujours payer les humains pour leurs faveurs. Tu découvriras bien assez tôt ce qu'ils voudront de toi.

La petite panthère noire jette un œil à la femme qui danse et frappe son tambourin rituel. Puis elle avance dans le soleil brûlant.

– J'attendrai leur appel. En attendant, une nouvelle vie commence.

FIN

Julien Noël

LA NUIT DU SABBAT

Ghislaine est vieille aujourd'hui. Institutrice à la retraite, elle voit son corps se dégrader progressivement, ses cheveux tomber et sa peau se plisser. Un auteur perspicace a un jour écrit que les rides sont un fil à plomb qui tend la peau ; Ghislaine y voit avant tout un fardeau, le symbole d'une décrépitude généralisée, le glas de tous ses projets. Elle tuerait pour quelques années de moins. Oh, façon de parler ; pas à la façon de la comtesse Erzsébet, bien sûr. Mais s'il existait un moyen moins répugnant, une ruse pour chiper quelques longueurs de fil aux Parques...

Dans sa retraite, la dame âgée lit beaucoup — comment autrement peut une vieille fille tromper l'ennui ? Des livres sur le folklore, principalement. C'est un sujet qui la fascine. Elle aime les histoires de chimères en tous genres, de sorcières et de diables qui souvent rencontrent nigaud à qui jouer des tours, et parfois plus rusé qu'eux... Et elle songe à l'onguent de vol et aux interdites nuits de liesse qu'il procure. Vous mangerez tous les gâteaux au grand goûter de Méphisto, chantait Brigitte Fontaine il y a de cela — il lui semble — une éternité.

Après tout, pourquoi pas ? Une folie de retraitée qui s'ennuie et trouve le temps long, c'est sûr ; mais qu'est-ce qui l'empêche d'y céder ? La crainte pour son âme ? Ghislaine est athée depuis l'université. La perspective de perdre son temps ? Ce n'est pas comme si elle avait quelque chose d'utile à quoi l'employer. Celle d'être déçue si rien ne se passe ? Comme si elle espérait réellement faire la fête à un banquet que présiderait un bouc et où serviraient des lutins en smoking... Elle allait juste jouer à se préparer au sabbat. Elle a si peu joué étant enfant. Et puis cela lui ferait une occupation, quelque chose pour la retenir de sombrer encore plus dans la routine d'une vie de vieux.

Ce fut efficace ; durant les jours qui suivirent, Ghislaine ne pensa plus à ses tracas, toute à l'excitation très infantile du théâtre qu'elle jouait pour elle-même. Elle y consacra la plus grande partie du mois, impatiente de voir la lune pleine arriver. Le soir de celle-ci, elle ôta ses vêtements de femme raisonnable et, habillée de ciel, s'enduisit de la pommade qu'elle avait patiemment réalisée durant les jours précédents, suivant à la lettre la recette d'un antique livre. Son auteur y précise que ce n'est que la mise par écrit d'une technique ancestrale employée par des générations de sorcières pour se rendre au sabbat. Reste à espérer que les proportions n'aient pas été déformées par ces recopiages successifs ; ce genre d'expériences n'est pas sans risque…

Pourtant, Ghislaine ne songea même pas au risque d'empoisonnement que représentait le datura, surtout mélangé à d'autres plantes non moins dangereuses. Au diable la prudence ! Elle n'avait été que trop raisonnable ou trop peureuse toute sa vie durant, et trop de regrets lui restaient aujourd'hui pour qu'elle songe à se retenir. Pour peu, elle se mettrait à fumer des gauloises ; après tout, à quoi bon ménager ses poumons lorsque tout le reste risque de se détraquer d'un moment à l'autre, comme finit par le faire toute machine à ce point usée ?

Elle n'avait jamais touché aux drogues ; c'était à peine si elle buvait parfois. Alors c'est peu dire que les effets des alcaloïdes furent pour elle une surprise aussi délicieuse qu'effrayante. Elle eut très chaud, puis très froid, suant et grelottant à la fois. Elle perdit le contrôle et la conscience de son corps et, telle Pamphile revêtant les plumes du hibou, s'envola très loin, si loin de sa modeste maison à l'intérieur vieillot. La vieille dame, qui pouvait compter sur les doigts de ses deux mains parcheminées tous les bals musettes où elle s'était rendue sur sa vie entière, était en route pour la rave party la plus déjantée qui soit, celle qui ne peut être comparée à aucun divertissement d'humains, à aucun événement advenu sur la surface de la terre. Or, elle ne s'inquiétait pas de si sa tenue conviendrait ; délivrée des tracasseries de ses sorties habituelles, elle profitait simplement de l'instant.

Ainsi en proie aux effets de la drogue, Ghislaine entend à nouveau retentir dans sa tête la petite voix de Brigitte Fontaine. *Nous irons tous jouer du luth au grand couscous de Belzebuth...*

Qu'il fait noir ! La voyageuse ne sait pas où elle est. Plus dans son salon, en tout cas. Elle sent de l'herbe humide de rosée sous ses pieds nus et entend le vent siffler dans des feuillages, très près. *Je suis à l'extérieur.* Un peu inquiète de ne pas savoir où elle se trouve ni comment rentrer chez elle, elle découvre avec étonnement l'effet du vent sur des parties de son corps plus ainsi découvertes depuis une éternité. Croisant les bras un peu par pudeur mais surtout car elle à froid, elle sautille sur place et, ce faisant, semble distinguer une brève lumière à quelques pas.

Elle s'approche mais la lueur a disparu. Voilà toutefois qu'elle réapparaît plus loin. Et une autre. Et encore. Poursuivant les feux follets, Ghislaine se met à courir. Impatiente de rattraper la lumière, elle avance sans penser à rien d'autre, tellement captivée par la poursuite qu'elle ne réfléchit pas à ce qu'elle fait, qu'elle ne cherche pas à se stopper. Elle se sent littéralement tirée dans cette direction et ne parvient pas à ralentir : elle court, tout simplement. Et elle chute. Souvent. Sur de grosses racines ou dans des trous. Des branches lui fouettent tout le corps mais elle ne peut ralentir. Même lorsqu'elle s'étale de tout son long, elle ne peut s'arrêter pour masser ses genoux endoloris. Elle court et oublie tout le reste, jusqu'à son nom ou sa langue. Elle se sent animale, panthère qui vient d'être relâchée après un long enfermement en cage. Elle court comme elle n'a jamais pu courir. Et elle découvre qu'elle en avait toujours eu envie.

Elle débouche soudain sur une clairière brillamment éclairée. Un feu brûle en son centre et d'autres créatures nues y déambulent. Ghislaine reprend rapidement ses sens. Son corps meurtri ne lui fait pas encore mal. Elle détaille ses congénères et est à la fois gênée de voir que pas une des femmes qui sont là n'est aussi vieille et desséchée qu'elle l'est elle-même, et heureuse que parmi les monstruosités présentes elle soit loin d'être la plus repoussante. Chose étrange, elle ne se formalise pas que son plus proche voisin soit un crapaud de la taille d'un bœuf, ou qu'il ait des grelots dorés attachés aux cuisses. Pas plus qu'elle ne s'inquiète des danses licencieuses qu'elle voit là-bas ou du fait qu'elle les trouve si entraînantes.

Un personnage imposant fait son entrée. Sans âge, bien fait, très noble dans sa façon d'être. Il est nu comme chacun ici et porte un anneau de fer rouillé en guise de couronne. Chacun des invités au sabbat lui témoigne de la révérence, lui se montre aimable et accessible. Il salue ses hôtes un à un. Il ne parle pas ; parfois il touche un bras ou effleure une peau écailleuse. Sans le moindre mot, il semble comprendre chacun, et chacun l'écoute.

La vieille femme découvre qu'elle se trouve sur son chemin. Il va passer devant elle ; il y est presque. La sérénité qui l'enveloppait jusqu'alors, même lorsqu'elle se perdait dans les ténèbres à suivre les feux follets, fait place à une légère appréhension. Et si elle n'avait pas le droit d'être ici ? Personne ne l'a conviée ; elle est une intruse en ce lieu, qui a osé franchir la porte de la fête sans carton d'indications. L'homme approche, cependant qu'elle s'inquiète. Il se laisse lécher les pieds par le crapaud que Ghislaine a aperçu plus tôt, bientôt il continuera sa ronde. Il est presque arrivé à elle.

L'homme se place enfin face à Ghislaine. La reconnaissant sans doute pour nouvelle, il jette son beau regard droit dans les yeux délavés de la retraitée. Aussitôt, l'appréhension recule : elle se sent accueillie, bienvenue. Son regard est si doux qu'elle ne pense pas avoir déjà été plus heureuse, juste d'être regardée. Ainsi. Par lui. Il lui vient l'envie de faire tout ce que le bel homme puisse vouloir d'elle, tout ce qu'il lui demanderait ou lui ordonnerait, tout ce qu'elle pourrait faire pour lui.

Ghislaine s'agenouille, sans même savoir pourquoi exactement. Elle a juste décidé qu'elle le voulait, qu'elle se sentirait mieux à ses pieds. Semblant comprendre ce qu'elle ressent, l'homme se penche sur elle, sans la quitter des yeux. Avec douceur, il lui prend le menton d'une main aux doigts glacials. Ce contact désagréable trouble durant une fraction de seconde le voyage de la vieille dame. Il semble venir de plus bas que la clairière : le temps d'un éclair, elle reprend conscience de son être qui frémit d'effroi, très loin de là. Cela ne dure qu'un instant minuscule mais elle sent clairement un abîme s'ouvrir entre le corps décomplexé de la clairière et l'autre étendu sur la moquette en polyamide de son salon ; celui de Ghislaine la raisonnable, dont les poils se hérissent de terreur. Une fraction de seconde, pas plus, mais de celles qui semblent s'allonger dans un inconfort prenant ses aises. Alors que la retraitée en vadrouille aurait voulu s'attacher à cette bouée de sauvetage et en suivre le fil d'Ariane jusqu'à la sûreté du salon, elle sent la vision fugitive disparaître et la brève conscience qu'elle avait de son corps réel s'estomper. Face à elle, il n'y a désormais plus que les yeux gris argent de l'homme, qui l'attirent d'une façon presque viscérale. Ne pouvant s'en empêcher, elle se laisse doucement glisser le long du regard de son maître. Comme s'il l'avait aimantée…

Ghislaine s'aperçoit soudain de la longueur anormale des ongles de l'homme. Elle ne l'avait pas remarqué auparavant, comme si cette griffe venait de sortir telle celle d'un chat. Il pose sa main libre, celle qui n'est pas resserrée sur le visage ridé de la vieille femme, sur la clavicule de celle-ci et y imprime une plaie. Doucement, presque tendrement. Ghislaine sent alors sa chair se déchirer plus qu'elle n'est tranchée, de la même façon que si la griffe était faite du métal hérissé de rouille de sa couronne. C'est tout juste si elle n'entend pas cet outil pénétrer en elle comme une charrue dans de la terre gelée. Pourtant, elle ne sent pas la douleur, rien de plus qu'une sensation légèrement désagréable et qui pourtant ravit, un peu comme la première gorgée de vin au sortir de l'enfance, comme ces plaisirs de découverte que Ghislaine n'a plus connu depuis une éternité.

Elle pleure de joie. À travers ses larmes, le visage du roi de la clairière se déforme, s'éloigne très loin d'elle malgré que sa main la touche toujours. Il apparaît autre, monstrueux, effrayant. Pour la seconde fois, Ghislaine a une vague de panique. Que fait-elle ici ? Pourquoi est-elle à genoux ? Plus important : qui est-ce et pourquoi cet homme là a-t-il tant d'emprise sur elle ? Cependant, elle a aussi le sentiment qu'il est déjà trop tard, qu'un pacte englobant tout le reste de sa vie, son destin lui-même, a été scellé. L'homme semble suivre le flot de ses réflexions car son visage se tord d'un sourire un peu cruel, quoique non dépourvu d'un certain paternalisme. Elle s'y fera, elles s'y font toutes, semble-t-il penser. Un dernier regard et il reprend sa tournée. À la réflexion, ses pupilles semblent verticales...

La néophyte se mêle ensuite aux autres porteurs de la marque et ils mangent ensemble un festin tel qu'il semble tout droit sorti des chroniques gargantuines. Ghislaine oublie alors ses tracas et le pacte qu'elle craint d'avoir signé du sang coulant sur son torse. Elle ne se scandalise même pas que l'immonde crapaud de tout à l'heure cueille de sa langue pustuleuse les gouttes vermeilles tombées plus tôt sur l'herbe tendre. Trop occupée à savourer les délices de la table, elle est également très loin de songer encore aux rimes de Brigitte Fontaine, quoique les circonstances s'y prêteraient bien. Et nous irons faire bonne chair au réveillon de Lucifer.

Il est midi. Ghislaine n'a plus dormi si longtemps depuis des années, voire des décennies. Elle se réveille nue dans son salon. Elle a mal. Partout. La première chose qu'elle remarque sont les meubles renversés, puis ses genoux bleus d'ecchymoses. Elle grimace et s'en veut. N'est-elle pas stupide de s'être infligée tout ça ? À son âge ? Pourtant, malgré ses blessures et son malaise, elle ne peut s'empêcher de sourire, finalement pas mécontente d'avoir vécu une petite aventure. Devant son miroir, elle découvre la large griffure sur son torse, bien visible. Douloureuse, aussi, surtout lorsqu'elle y touche car celle-ci semble déjà renfermer une certaine infection. Ses bords sont rougis et elle ne doute pas que du pus s'y accumulera bien vite si elle ne la désinfecte pas. Elle veut se laver et remarque du sang et de la peau sous les ongles de sa main droite. Logique, se dit-elle. Elle repense alors avec ironie à l'homme de son rêve, au monstrueux Adonis et à ses yeux de chat, si gris. Elle voudrait croire à sa réalité mais sent devoir se comporter en femme rationnelle et admettre qu'elle s'est elle-même blessée dans son délire.

Puis, elle regarde son coude dans la glace et le trouve un brin raffermi. Ses pattes-d'oie ? Toujours là mais plus discrètes qu'elles ne l'ont jamais été ces cinq dernières années. Et, peut-être est-ce son imagination, mais il semble à Ghislaine que ses cheveux sont un peu plus châtain. Un peu moins gris. Un peu moins pauvres. Serait-ce possible ? Oui, c'est indéniable : elle est à moitié moins décrépie, flétrie que la veille. Bien amochée mais rajeunie. Pas pour autant jeune ni belle, mais elle a retrouvé ses soixante ans, ceux-là même qui lui avaient été volés il y a déjà longtemps.

Le visage de la vieille institutrice se fend alors d'un large sourire comme elle se rend compte qu'elle n'aura plus jamais à pleurer sur son âge dans des mouchoirs sucrés. Elle remercie la pleine lune et le roi de la clairière pour leurs cadeaux — ces bonbons pour chacun et pour chacune —, ignorante du péché de sa répréhensible accointance.

Debout devant sa glace et se trouvant belle pour la première fois depuis une éternité, elle est loin de se douter que sa plaie ne guérira jamais. Pourtant, la douleur lancinante la forcera bien vite à retourner vers son seigneur en courtisane soumise et à grossir le rang de ses fidèles en échange d'un peu de soulagement. Encore et toujours. Sans que la vieillesse puisse désormais lui être un échappatoire.

FIN

Marc Oreggia

REPAS FROID

Je suis mort il y six mois au pied du Mont Shorkosh. J'ai vu mon reflet à l'aube dans le courant presque gelé de la rivière d'Ongrefer et franchement, c'était pas beau à voir. Je n'ai jamais eu le teint aussi blafard, il me manque deux ou trois dents, et la longue barbe qui , d'antan, faisait ma fierté de mage ressemble désormais à un vieil écheveau emmêlé de laine blanchie. Bref, malgré mes prières souterraines, ma dernière résurrection n'a pas été un succès. Voilà ce qui arrive quand on ne fait pas les choses soi-même ! Enfin, soutenu par ma vieille branche de chêne enchantée, je marche à peu près droit, c'est déjà ça. Et tout bien considéré, je ne suis pas fâché d'être de nouveau de ce côté ci du voile, car en fin de compte l'au-delà est un endroit très mal fréquenté. Pire qu'ici, quoi.

– Cabraal, il faut nous hâter ! Ne nous laissons pas surprendre par la nuit dans ce col. Le vent du nord nous pétrifierait. Il faut rejoindre les grottes au plus vite.

La voix rauque et angoissée de Kron me ramène à la réalité sordide de notre périple. Le vieux guerrier s'est arrêté un instant et m'attend au pied d'un tremble agité par le vent, à l'écorce pâle et crevassée. Les coudes appuyés sur le pommeau de son épée gigantesque, il me fixe de son regard gris et usé. Depuis quelques jours, de nouvelles rides se sont ajoutées, nombreuses et profondes, au dessus de ses sourcils broussailleux. Kron n'a pas tort, il commence à faire vraiment très froid. Les pentes de la Griffe du Démon sont encore lointaines, et il est préférable que notre petit groupe préserve autant que possible ses maigres forces. Là bas, le pire nous attend.

Je tente de réchauffer mes pieds engourdis (tiens, il me manque quelques ongles) auprès du feu allumé par Chat-Puant, notre rôdeur.

La lumière du brasier éclaire étrangement ses yeux jaunâtres et la boule rousse de ce qui doit bien être sa chevelure, pendant qu'il aiguise sa dague contre une pierre polie par la rivière. Je soupçonne mon compagnon, capable de rester plusieurs nuits éveillé ou encore de dénicher notre nourriture sous un mètre de neige, de ne pas être totalement humain. Du moins est-il plus humain que la bête griffue enfermée dans la cage de fer que, aidés par une mule boiteuse, nous transbahutons tant bien que mal sur un chariot vermoulu depuis Erg, le point de départ de notre périlleux voyage.

– Tiens, il ne hurle pas ce soir, grogne Kron en mastiquant un des derniers morceaux de viande séchée qu'il nous reste. On va peut-être pouvoir dormir tranquille…

– Normal, c'est une nuit sans lune, murmure Chat-Puant, qui comme à son habitude, emmitouflé dans sa large cape noire, se roule déjà en boule au plus près de la chaleur. N'est-ce pas la raison, Maître Cabraal ?

– C'est exact, je réponds. Mais il sera silencieux seulement cette nuit. Point.

Ma voix est devenue si faible que je ne sais même pas si mes compagnons d'infortune l'ont entendue. Drôle de troupe tout de même, pour faire face à un dragon, même s'il est vraiment très vieux. Quatre hommes assez fous (en comptant notre druide, j'ai oublié son nom, je perds aussi la mémoire, notre druide, donc, qui est parti avec une semaine d'avance ouvrir une piste et établir un camp de base sur un replat boisé de la Griffe du Démon), quatre hommes plus un loup-garou, que nous affamons et que nous ne libèrerons qu'au moment de l'affrontement, dans l'espoir idiot qu'il fera le travail à notre place. Mais que pèseront quatre humains et un lycanthrope mal nourri contre Morghoggh ? Bon sang, quelle idée de m'être laissé embarquer dans cette expédition ! Le dragon des sommets s'est réveillé, ils m'ont dit ! Le diable est sorti de son ancienne hibernation (mille ans, quand même) ! Toute la population de la vallée d'Erg va y passer ! Hum… La belle affaire, ils sont à peine civilisés dans cette vallée. Et moi, je suis si las… Mais qui se préoccupe de la santé de Cabraal ? Ah, j'ai failli oublier… Nous ne sommes pas cinq, en tout. Mais six.

Evidemment, j'ai tout d'abord pensé à me débarrasser définitivement de Ragnarok. Un licenciement de mon familier s'imposait après le désastre du Mont Shorkosh et son comportement pour le moins douteux à mon égard, mais je dois admettre que la sale bête a eu des arguments. Le rongeur obèse m'a presque ému à ma résurrection lorsque, la larme à son œil torve, il a fébrilement fouillé dans un vieux sac rongé par les mites, pour en sortir… un service à thé flambant neuf. « J'ai pensé, Maître, que cela vous ferait plaisir. Ne restons pas sur un malentendu », il a geint. Je dois dire que l'objet était de belle facture. Bon, je ne suis pas dupe, tel que je connais la bestiole, il l'avait sûrement chouravé chez l'épicier, ou mieux, chez la voisine, tiens (ce qui est plus que probable si j'en juge aux détails érotiques qui ornent le pourtour des tasses, passons). Enfin, le maudit rat m'accompagne encore, du moins pour le moment, mais sous haute surveillance.

– T'es vraiment sûr de ton plan ?

Kron me prend par l'épaule, un peu à l'écart. Il me murmure :

– Parce que tout de même, ça me semble un peu tarabiscoté et… enfin, ne le prends pas mal, mais… je te sens vraiment fatigué, sur le coup…

Je ne peux pas répondre à Kron ce que je tiens pour une vérité, qui s'est depuis quelques temps révélée à ma conscience épurée. Peu importent les plans, les héros, les gesticulations désespérées des pauvres humains que nous sommes. Les choses sont écrites une fois pour toutes ; nous ne sommes, nous qui ne faisons que passer sur cette terre maudite, que des instruments démunis de volonté propre. Que nous ayons ou pas un plan, que ce plan soit astucieux ou douteux, ou mal ficelé, peu importe. Si c'est l'heure de Morghoggh, Morghoggh mourra, et si ça n'est pas son heure, eh bien… ce sera sûrement la nôtre.

J'ai de plus en plus froid. Cela fait deux semaines que nous avons quitté Erg. Du moins avons-nous désormais atteint la Griffe du Démon, dont la forme inquiétante et pointue déchire le ciel d'hiver. Quatre pics tranchants s'alignent au plus haut d'un horizon gelé. Une forêt galeuse de sapins sombres hérisse leurs pentes vertigineuses de pointes maigres et sordides. Le repaire du grand ver des glaces se trouve évidemment sur le plus élevé des quatre pics, mais ce n'est pas pour le moment le plus grave de nos soucis. Nous avons mal évalué la durée de notre voyage et, après avoir épuisé nos réserves, nous ne nous nourrissons plus que de racines gelées. Kron dépérit à vu d'œil, et moi je ne vaux évidemment pas mieux. J'ai du mal à porter ma pitance à ma bouche mais n'ose retirer mes gants de cuir, de crainte de perdre un ou deux doigts. J'entends Ragnarok gémir de faim au fond de mon sac. Le sale rat n'a jamais été si maigre.

Un soir, alors que, tapi au fond d'une grotte, emmitouflé sous deux couvertures de laine d'auroch, je tente de m'endormir près du feu, j'entends le murmure de Chat-Puant dans mon oreille.

– Euh… puissant Cabraal… Vous dormez ?

– Plus maintenant, je fais en grognant.

– Je voulais savoir, Maître, vous… vous qui avez vu de l'autre côté… hum…Est-ce que… enfin, est-ce que c'est comme ici… je veux dire, comme dans notre monde, vous voyez ? Kron parle souvent d'une lumière. D'un autre monde, qui serait comme une aube après la nuit.

– Il n'y a pas vraiment d'autre monde, je réponds.

– Pas d'autre monde ? Mais, comment … Il y a tout de même bien quelque chose après la mort ?

– La vie est une lente décrépitude, mon jeune ami. Mais la mort… la mort peut être bien pire encore. Pour te dire la vérité, je ne me rappelle de rien. Peut-être n'y a-t-il rien, après tout. Ou peut-être que si.

– Mais que… que peut-on espérer alors ?

– La question que tu te poses n'est pas la bonne, je souffle. Demande-toi plutôt ce que tu dois faire.

– Et… que dois-je faire ?

– Vis, Chat-Puant. Tant que tu le peux, vis.

– Catastrophe ! gémit Kron dans l'air glacé de ce nouveau matin.

Une de nos dernières aubes, je le crains. Le sommet est tout proche désormais, encore deux jours de marche peut-être. Trébuchant aux basques de Kron, Chat-Puant bégaie :

– Votre rat, Maître, Votre rat… il est…

– Quoi encore ?

– Il devait être affamé… il… il a voulu dérober l'os à moëlle du lycanthrope. Il a du s'approcher de trop près de la cage et… Par Loki, quelle horreur, il n'en reste rien. Il a été purement et simplement avalé. C'était mon tour de garde… Je… je suis navré.

Je cherche une trace de mon animal aux alentours de la cage dans laquelle, visiblement repus, le loup-garou ronfle bruyamment. Rien. Seulement quelques poils. Je renifle. Sûrement un mauvais rhume.

– Ne t'en veux pas, c'était son heure.

Nous y sommes presque. La Griffe du Démon déploie au dessus de nos têtes sa pente congelée. Il va falloir s'accrocher. Je vois au ralenti, à travers un voile de neige, comme dans un songe blanc, Kron et Chat-Puant s'encorder à la carriole pour remplacer la mule que nous avons mangée hier soir.

– Merde… c'est le druide…

– Tu le reconnais sans sa tête, toi ?

– Ouais, fait Kron. Regarde toute cette mousse sous les ongles. Mmm… le cadavre est bien raide, sans doute une vingtaine d'heures…

Le guerrier grogne en tirant son épée de son fourreau, fait un rapide tour sur lui-même, porte ses yeux étrécis sur les arbres qui font, autour de la clairière envahie par la neige, un cercle menaçant.

– Regardez ces gigantesques traces de griffes sur les troncs… Morghoggh ! Morghogg sait que nous venons à lui. Il nous attend, soyez en sûrs. Il a faim. Et on va lui offrir un repas froid.

Notre dernière journée de marche, presque une escalade, m'a achevé. Il fait encore plus froid que je ne le craignais au sommet, et j'entends claquer mes dernières dents. Il neige dru sur la pierre et sur une végétation rare et morte. L'entrée de la grotte est là, devant nous, immense et sombre, fumante dans le crépuscule de la présence du démon.

– Putain il sort ! Il sort ! hurle Chat-Puant qui tremble de tous ses membres.

Les griffes du dragon sont longues comme des épées, et ces épées brillent sous la lune, mais Kron n'a pas le temps de les voir parce qu'elles ont bougé à une vitesse affolante et la patte de la bête avec, et la tête de Kron tombe dans la neige.

– La cage, je tente de crier, ouvrez la putain de cage !

Pas de réponse, en dehors des gémissements du lycanthrope, qui tente désespérément de s'extraire de sa prison d'acier.

C'est Kron qui a les clés.

Kron est mort. Son cadavre est à trois mètres, mais je n'ai plus de forces. Fini. Oh, Ce n'est pas la peur. Non. Trop fatigué, voilà tout. Je me sens partir. J'essaie de réfléchir. Trouver une solution.

Mais Kron est mort.

Chat-Puant a détalé dans un ultime et curieux miaulement. Je me doutais bien qu'il n'était pas complètement humain. Cours, Chat-Puant. Cours autant que tu peux.

Le loup-garou, toujours enfermé, hurle vainement vers la voute noire et profonde de cette maudite nuit d'hiver.

Et moi, moi, je vais crever si je ne fais rien.

Le monstre bat des ailes dans un grand bruit de voiles en pleine tempête, s'élève dans les airs, lentement, encore un peu, puis s'abat soudain sur la cage, qu'il gobe avec son contenu comme un vulgaire bigarreau.

Je parviens à grand-peine à remuer mes lèvres.

– Odin, Maître des Neuf Magies, tu as entendu il y a six mois les prières souterraines de ton humble serviteur. Mais à quoi bon ? Pourquoi m'avoir tiré en vain de cette mort ?

Je veux tendre mon bâton pour jeter un dernier sortilège, mais m'aperçois avec horreur que ma fidèle branche de chêne git elle aussi dans la neige, avec quelques doigts de ma main droite tristement cramponnés au bout. Je pars en lambeaux, je vous dis.

Morghoggh se met à rire, d'un rire caverneux, glacé, et sa gueule aux milliers de crocs jaunis par les siècles commence à laisser échapper en un brouillard de givre mortel son exhalaison méphitique. Je ferme les yeux, conscient que cette fois, eh ben, c'est la fin.

Puis le rire de la bête se transforme peu à peu, et curieusement, je suis toujours vivant. Ce n'est plus un rire, non, plutôt une sorte de toux, une toux évidemment démoniaque, mais une toux quand même, douloureuse. Je regarde de nouveau vers le monstre, dont les yeux s'exorbitent, et dont la gueule soubresaute atrocement, et je vois qu'au lieu d'un souffle fétide, c'est une purée rougeâtre, immense, avec des morceaux qui me semblent être des restes alimentaires, qui en sort. Bref, Morghoggh dégueule grave.

Après une minute d'agonie, une éternité pour le mourant que je suis, le dragon s'écroule de toute sa masse dans un nuage de neige et de sang, raide. Crevé, quoi. Je remarque que son ventre est ouvert, que les entrailles pendent de manière dégueulasse, et qu'une forme sombre et poilue est en train de s'en extraire.

Le lycanthrope !
Il a réussi.
Non.
Non. C'est impossible…
La boule velue dégouline encore de vomi et de suc gastrique, entame une toilette improvisée. Ce ne sont pas des poils de lycanthrope.

– Pfff, quel bordel là dedans ! Le vieux lézard avait des intestins complètement pourris. Quand à cette saleté de loup-garou, pfff ! Quel régime alimentaire déplorable…
Je tombe sur le cul de surprise, et j'entends un craquement. Sans doute mon coccyx, cette fois.
– Ra… Ragnarok ! Mais par Loki … comment ?
– Rien bouffé depuis des semaines. Maintenant, ça va mieux. Hum, hum, fait-il en léchant à présent ses griffes pleines de tripes et de sang et en me regardant en coin de son œil malicieux, j'ai bien mérité une augmentation, non ?

FIN

Emmanuelle D'Arzon

LA VALSE DU CHAT

Le Chat ouvrit un œil à l'heure où s'éteignaient les dernières lueurs du jour. Ses moustaches frémirent, puis son poil se hérissa, tandis que sa gueule s'ouvrait sur un feulement sauvage. Il sauta au pied du fauteuil qu'il occupait une seconde auparavant.

Ce vieux matou noir aux yeux jaunes, efflanqué et le poil en bataille, n'avait plus guère d'activités à l'exception de sa promenade nocturne usuelle sur les toits. Mais ce soir, quelque chose ne tournait pas rond.

Sa queue fouetta l'air nerveusement tandis qu'il parcourait la pièce du regard, un simple studio sous les combles. Son odorat affûté détectait de nombreuses effluves. Celles, habituelles, de la cuisinière et de la vaisselle sale dans l'évier. Celle, plus discrète, du pain de savon provenant de la petite alcôve servant de salle de bain. Celle, toujours présente, entêtante, de la cigarette... Mais une autre odeur dérangeait le Chat. Agressive, proche de la pourriture, tous ses sens en cherchaient l'origine, mais en vain. Un instinct profondément enfoui se réveilla en lui. Pendant des générations, les félins avaient été les témoins muets de rituels occultes et de magie noire. Leurs yeux ouverts sur la nuit percevaient un monde invisible aux humains.

Il remonta d'un bond sur son vieux fauteuil à bascule recouvert d'un coussin usé, et de là, atteignit la fenêtre entrouverte. Cette même fenêtre par laquelle il s'était glissé il y a quelques années, rôdeur famélique, attiré par la chaleur et une alléchante odeur de viande grillée. Personne ne l'ayant chassé, il n'avait plus quitté ce foyer inespéré. On l'avait nourri, câliné, et il entendait bien finir ses jours dans ce nid douillet. "On", c'était Jade, jeune artiste torturée, qui avait abandonné le cocon familial en quête de liberté et d'inspiration et déniché ce logement insalubre qu'elle avait obtenu pour une

bouchée de pain.

Ce soir, Jade était étendue sur son lit, vêtue d'un short en jean rapiécé et d'un tee-shirt distendu taché de peinture. Elle tirait sur une cigarette longue et envoyait des ronds de fumée au plafond. Une valse démodée résonnait sur un vieux phonographe. Ses cheveux bruns et courts coiffés en épis, encadrant un visage fin aux yeux étirés par une ascendance asiatique, et un nez orné d'un petit diamant. Son regard se perdait dans le vague, et parfois elle tournait la tête vers une peinture incomplète, un nu grandeur nature de femme aux os saillants, et dont les articulations présentaient des angles étranges, comme brisées. La peau était blanche, les lèvres écarlates, et les yeux hallucinés, cerclés de noir. Un mince filet de sang s'écoulait d'une de ses oreilles, et sa longue chevelure d'ébène était tirée vers le haut, comme si la gravité était inversée. Le fond semblait inachevé, occupé par des silhouettes sombres juste esquissées. De nombreux autres tableaux étaient appuyés contre chaques murs, tous représentant des corps rompus, des gestes saccadés, des poses contre nature.

La jeune artiste laissait l'instinct guider ses pinceaux, nullement consciente de l'influence d'une muse féline à ses côtés. Pour le Chat, c'était les personnages d'un lointain passé qui s'inscrivaient sur les toiles. Des compagnons de vies antérieures : guérisseuses et sorciers à l'âtre hospitalier et aux caresses réconfortantes. De véritable compagnons qui lui rendaient visite au cours de ses rêveries de vieux chat, parfois tels qu'ils étaient de leur vivant, d'autres fois portant les stigmates de leur mise à mort dans les flammes du bûcher, sur la roue ou le chevalet. Le subconscient naïf de Jade, bercé par le souffle lent de l'animal, s'imprégnait de ces visions fantomatiques et les exorcisait par la peinture. S'engageaient alors entre le Chat et ces portraits des dialogues muets, chargés de souvenirs et de regrets. Regret de n'avoir pas su les protéger de leur funeste destin.

L'ampoule nue pendue au plafond grésilla. Le Chat cracha une nouvelle fois. Jade se tourna vers lui et lui sourit.

« Chuuut, souffla-t-elle pour l'apaiser. »

Le Chat tournait en rond, nerveux. Il sentait quelque chose approcher. Fréquemment, il remontait d'un bond souple sur le rebord de la fenêtre. Malgré la chaleur de cette nuit d'été, une étrange vague de froid le frappa, saisissante. Il miaula plaintivement et fila se coucher aux pieds de jade.

Soudain, la chose fut là. Grande de plus de deux mètres, dont l'ombre semblait étrangement faire le double de sa taille. Elle ressemblait à un homme, terriblement maigre, rachitique. Elle se tenait, légèrement voûtée, là, à quelques pas du lit. Son regard, au crépuscule de la mort, se porta, lentement, de part et d'autre de la pièce. Puis,   son regard se posa sur le Chat. Ce dernier, les poils hérissés, recula précipitamment et vint se loger sur l'estomac de Jade. La jeune femme ne sembla pas voir l'homme ou ce qui y ressemblait. Surprise par le comportement de l'animal, elle le repoussa et marcha jusqu'à la fenêtre. Ce faisant, elle traversa la créature comme on passe à travers un nuage de fumée. L'homme la suivit des yeux, puis, lentement, en une grande révérence, se plia en deux pour amener son visage à hauteur du Chat. Maintenant, une pupille noire étroite fendait ses iris jaunâtres ; son nez était inexistant, et les fosses nasales apparentes exhalaient une odeur pestilentielle qui brûlait les sens aiguisés du félin. Sa bouche sans lèvres s'étirait presque jusqu'à ses oreilles, découvrant en un sourire hideux des gencives livides aux dents pointues, qu'une langue fine et bifide caressaient par moment en un tic repoussant.

Sa peau partait en lambeaux, à peine masquée par des haillons noirs et poisseux. L'homme tendit une main vers l'animal, en signe de connivence. Ses doigts étaient prolongés par des longues serres plus coupantes que des lames de rasoir. Des veines couraient sur son bras, charriant un fluide épais et noirâtre. Le Chat, les oreilles couchées, les crocs découverts, lança une patte vers lui, toutes griffes sorties. L'homme retira sa main d'un geste vif, non sans y avoir laissé un fragment de peau. De grosses gouttes nauséabondes maculèrent le sol. Il s'accroupit et regarda le Chat, la tête penchée sur le côté, les mains écartées en signe d'incompréhension. Le félin refusait l'alliance offerte. Les effluves familières du monstre rappelaient à sa mémoire des incantations et des pactes démoniaques, des contrats fallacieux. Témoin passif de tant de tortures et de massacres subis ou provoqués par ses anciens compagnons en quête de pouvoir ou de vérité. Il connaissait la créature et ses semblables, leur fausseté et les monstruosités dont elles étaient capables. Il ne se rendrait pas complice de ses exactions.

Jade, revenant de la fenêtre, retraversa l'homme et s'arrêta devant le lit. Elle renifla et fronça les sourcils, percevant vaguement l'odeur étrange qui emplissait la pièce. Machinalement elle se frotta vigoureusement le nez. À son tour, elle tendit la main vers le Chat pour tenter de le rassurer. Le monstre se redressa de toute sa taille derrière elle, déroulant lentement sa silhouette longiligne. Ses bras se levèrent en une courbe gracieuse et se figèrent, lui donnant l'allure d'une immense et horrible chauve-souris. Il fit jouer ses ongles affûtés près du visage de la jeune fille, effleurant à peine ses cheveux. Ses épaules frémirent en un rire silencieux. Le Chat se recroquevilla sur lui même, les oreilles toujours aplaties. Jade murmura des mots sans suite, doux et chaleureux. Constatant l'inefficacité de ses efforts, elle se dirigea vers la cuisine pour lui amener une friandise. Cette fois la créature ne se laissa pas traverser. Elle s'effaça d'un mouvement souple, puis suivit la jeune femme, tournant autour d'elle dans une étrange valse dont un seul des partenaires avait conscience. Il faisait virevolter ses mains contre son corps sans jamais la toucher, dégageant presque une impression de grâce et de souplesse.

Puis, son attention fut attirée par les tableaux et il l'abandonna pour s'adonner à la contemplation des portraits torturés. Il penchait la tête à droite, à gauche, soulignait d'un ongle acéré la courbe d'une hanche, l'angle d'un bras. Entre deux toiles, il hochait la tête comme un amateur d'art enthousiaste. Le Chat ne le quittait pas du regard, ramassé sur lui-même, prêt à bondir. Finalement, l'homme s'arrêta devant l'œuvre inachevée. Il se frotta le crâne, produisant un affreux bruit de parchemin froissé. Il passa le bout de ses griffes sur la palette de peinture et, d'une main agile, esquissa délicatement quelques lignes, un peu en retrait du personnage. Traçant habilement sur la toile son propre portrait, il hocha de nouveau la tête et compléta son oeuvre. Puis, il recula de deux pas, les bras croisés, admirant sa création.

Jade se retourna, une assiette contenant un morceau de lard à la main, et son regard se posa sur le tableau. Il était achevé. Ses yeux s'agrandirent, et la faïence heurta le sol avec fracas. Alors, la créature se jeta sur la jeune femme, ses lames pointées vers l'avant. Mais le Chat fut plus rapide encore. Il bondit au visage du monstre, toutes griffes dehors, parvint à s'agripper à son cou, et le mordit férocement à la gorge.

Le coup qui visait le cœur de Jade fut dévié, les lames ripèrent sur les côtés. Le sang imprégna le tissu lacéré de son tee-shirt, se mêlant aux tâches de peinture. La créature se mit à pirouetter sur elle-même comme une ballerine folle et envoya valser le Chat à travers la pièce. L'animal heurta violemment le mur et laissa échapper un miaulement plaintif. Ne s'avouant pas vaincu, le félin se releva en titubant, une de ses pattes arrière refusant de se poser sur le sol.

La créature ouvrit la gueule en un râle muet. Sa gorge était déchirée, déversant des flots de fluide noir. Il tenta alors de rattraper Jade, dont le bras se marqua de quatre sillons sanglants. La jeune fille, complétement désemparée et perdue, hurlait, ne sachant où fuir, ni que fuir. Mais déjà, le félin s'interposait entre le bourreau et sa victime. Les deux adversaires s'observèrent longuement, les yeux dans les yeux. Ils se mirent à tourner l'un autour de l'autre. La créature semblait à nouveau sourire, enchantée par ce défi. Avec sa démarche glissée, ses gracieux mouvements de bras, il ressemblait à un danseur habilement grimé, le Méphistophélès d'un ballet singulièrement sombre et violent. En face de lui, le Chat boiteux se déplaçait lentement. Un long miaulement douloureusement modulé s'échappa de sa gueule ouverte. Ses crocs découverts étincelaient, et ses yeux mi-clos reflétaient un instinct de chasseur déterminé à tuer. Par trois fois, il claqua des mâchoires et sa queue se mit à battre l'air nerveusement.

Jade s'était figée, le visage ruisselant de larmes, les épaules secouées de sanglots, les mains pressées sur ses côtes tailladées. Tout en surveillant les mouvements de son chat, elle tentait désespérément de voir son agresseur. Aucun d'eux ne regardait les portraits posés contre les murs. En silence, les toiles se gondolaient, se tendaient sous la pression des mains brisées et des genoux décharnés.

Le monstre bondit, mais au moment où il arrivait sur le Chat, il pirouetta et, d'un large jeté, l'esquiva pour atteindre Jade. Souplement, il glissa derrière elle et l'enserra dans ses bras décharnés. Jade hurla comme ses lames transperçaient sa peau et marquaient profondément sa chair. L'espace d'un instant, elle regarda le Chat avec désespoir, puis elle s'évanouit, s'affaissant entre les bras du monstre. Le félin perçut sa douleur et la partagea : ses jarrets vacillèrent et seule sa volonté de déchirer l'ennemi lui évita de sombrer à son tour dans l'inconscience.

Soudain, les toiles crevèrent comme des abcès trop mûrs et déversèrent leurs spectres menaçants. Les silhouettes émaciées titubèrent lorsque leurs sens se réveillèrent et, avec eux, les souffrances interrompues par la mort. Les articulations brisées se mouvaient avec peine, les chairs brûlées et atrophiées se détachaient des os, tandis que les nerfs ressuscités propageaient leurs élancements dans les organismes martyrs. Grinçants et gémissants, pas à pas, ils se rapprochèrent du monstre qui prit conscience de leur présence. Le corps de Jade glissa au sol lorsque son bourreau s'apprêta à se défendre contre le carrousel dantesque déployé autour de lui.

Le Chat transmit sa gratitude et sa compassion à ces fantômes meurtris. Il les connaissait intimement, et chaque visage réveillait en lui des souvenirs éteints depuis longtemps. Il avait joué auprès d'eux un rôle de confident et de complice aux cours des rituels de magie noire ou de divination ; ses propres capacités de catalyseur avaient été exploitées, et sa perception de l'occulte avait fait le bonheur des nécromanciens. Mais bien plus encore : à leur insu, son aura de gardien avait tenu loin de ses maîtres des forces spirituelles trop puissantes qui tentaient de prendre le contrôle et qui venaient se nourrir des sédiments de magie noire. Hélas, le Chat était demeuré impuissant devant la méfiance des hommes et les croisades de l'inquisition. Il avait partagé leur agonie et leur terreur face à la mort ; à présent, le museau levé, les moustaches frémissantes, l'animal implorait leur soutien, et l'obtint. Leurs yeux farouches se tournèrent vers la créature hésitante qui oscillait d'un pied sur l'autre face à ce renfort inattendu. Ses griffes caressaient l'air avec douceur, et il claqua des mâchoires. Il n'était plus en mesure de mener la danse, maintenant que le Chat s'imposait en chorégraphe.

Les monstrueuses ballerines autour de lui susurraient de douces mélopées, et leurs doigts aux articulations élongées par le chevalet, dessinaient en l'air des motifs cabalistiques. Au signal muet du Chat, des traits de lumière transpercèrent l'homme, et son rugissement aux accents d'outre-tombe, chargé de rage et de souffrance, couvrit la complainte funeste des spectres. D'un revers de main, il gifla violemment le plus proche de ses opposants, dont la chair se déchira.

Le coup sembla atteindre l'ensemble des combattants, et le chat lui-même cracha du sang. De nouveau, la créature fut la cible d'une pluie d'éclairs aveuglants. Il tituba et baissa sa garde. De profondes griffures infligées par des pattes invisibles lacérèrent son visage, et le Chat émit un feulement victorieux. Son adversaire tenta alors de se jeter sur lui. Ses ongles démesurés l'auraient sans doute empalé si deux des fantômes n'avaient offerts leurs corps diaphanes en rempart.

Le Chat ferma les yeux lorsqu'ils furent transpercés de part en part, leurs cris d'agonie se répercutant à l'infini dans son crâne. À regret, il brisa le lien d'empathie qui les liait et lança mentalement ses derniers soldats dans la bataille. Un violent ballet de griffes et de dents s'engagea, mais le monstre ne put résister à l'assaut destructeur de ses ennemis. Son corps fut déchiqueté et ses restes disparurent en une fumée nauséabonde.

Les spectres, libérés par le Chat, s'évanouirent et retournèrent aux limbes du passé. Celui-ci, tremblant sur ses pattes, vint s'allonger contre Jade toujours inconsciente et lui transmit sa chaleur et son réconfort. Il réunit ses dernières forces pour chasser de sa mémoire la peur et la douleur. Il ne pouvait faire mieux. Puis, il eut un long miaulement plaintif. Le félin ferma les yeux, épuisé.

Jade peignait jour et nuit, cherchant une catharsis qui lui échappait sans cesse. Dans son regard halluciné dansaient des ombres cauchemardesques. Elle osait à peine fermer les paupières, effrayée à l'idée de ce qui pourrait s'y inscrire.

Les souvenirs confus qui hantaient son esprit ne suffisaient pas à expliquer l'origine de ses blessures et la mort du Chat. En outre, la lisière de son inconscient effleurait par moment une présence menaçante, prête à refaire surface. Tapie dans l'ombre, la créature recouvrait petit à petit ses forces et exhalait des remugles putréfiés, se délectant du massacre à venir.

Dans sa folie, Jade espérait cependant que son dernier tableau lui apporterait la sérénité. Ce serait un rempart contre la solitude et les forces occultes qui l'entouraient, un gardien qui la protègerait. Sur la toile, progressivement, naquit un grand chat noir au regard doux.

Apaisée, Jade sourit, inspira profondément, et s'apprêta à appliquer les ultimes coups de pinceau.

Une griffe affûtée comme un rasoir glissa alors tendrement sur sa joue...

FIN

DERRIERE LA CICATRICE

I

Il n'avait pas construit un château, mais il admirait sa création avec la même fierté. Alexandre, du haut de ses huit ans, regardait la cabane en bois qu'il avait construit de ses mains. Il avait recouvert le toit de feuilles et de branches. Au sol, il avait posé une vieille moquette pour plus de confort. La porte était un épais morceau de tissu. Il n'avait plus qu'à amener sa lampe torche et ses bandes dessinées. Tandis qu'il trépignait d'excitation, une voix rauque vint le sortir de sa rêverie.

– Tu as mis le temps, mais tu y es arrivé.

Alex ne bougea pas. Depuis qu'il était arrivé ici il y a un mois, il n'arrivait pas à être à l'aise avec tonton Chris. Son physique de cancéreux en phase terminale lui faisait peur, ainsi que sa gorge goudronnée d'où sortait une voix caverneuse. Mais tout cela n'était pas le pire. Après tout, ses parents l'avaient prévenu de l'état de son oncle. Ils lui avaient dit de faire comme si de rien n'était car tonton Chris avait une grande propriété. Si lui et ses parents voulaient pouvoir en profiter par la suite, il fallait se montrer vraiment gentil avec lui. Comme cela, tonton serait généreux dans son testament et le petit Alex et ses parents pourraient revenir autant de fois qu'ils le voudraient dans cette grande propriété où le vieil oncle ne serait plus…

Alex n'était pas sur de tout saisir, mais il savait qu'il devait écouter ses parents. Parents qui n'étaient d'ailleurs pas là aujourd'hui. Ils étaient partis visiter une ruine gallo-romaine à des kilomètres d'ici.

L'oncle se rapprocha lentement d'Alexandre avec sa canne et le garçon vit alors ce qui lui faisait le plus peur. Ses ongles. Les ongles de tonton Chris étaient démesurément longs. Ils ressemblaient plus à des serres d'aigle qu'à des ongles humains. Lorsque l'aïeul fut à un mètre d'Alex, ce dernier recula.

– Voyons petit, dit le vieil oncle, on se connaît maintenant, nous devrions s'être apprivoisés depuis le temps.

Il vit que le petit Alexandre fixait sa main posée sur le pommeau de sa canne. Il savait très bien ce qui effrayait l'enfant bien plus que son physique décharné. Il s'amusa intérieurement de son pouvoir sur le gamin. La peur étant le premier pas vers le respect, il ne doutait plus qu'aujourd'hui il arriverait à ses fins. Cela faisait un mois qu'il observait ce petit corps frêle et innocent. Cette fragilité et cette spontanéité qui l'obligeait à se masturber frénétiquement chaque soir allaient enfin être siennes cette après-midi même.

– Ce sont mes ongles que tu regardes, n'est-ce pas ?

A ces mots, Alexandre retira aussitôt les siens de sa bouche.

– Pourquoi as-tu construis cette cabane ? demanda l'ancien qui en voulant prendre un sourire de vieux beau rendit encore plus effrayant le cadavre ambulant qu'il était.

– Je sais pas, je crois que j'aime bien être tout seul.

– Ce n'est pas bien de rester tout seul dans son coin, rétorqua la voix rauque en se rapprochant de la voix enfantine. Quitte à construire une cabane, autant y faire venir des amis !

– Je n'ai pas de copains ici, répondit Alex tremblant, je ne connais personne.

Douloureusement, tonton s'agenouilla en face de son petit-neveu et le prit par les bras, enfonçant ses longs ongles dans la chair tendre qu'il convoitait depuis des semaines.

– Moi, tu me connais ! Je suis déjà un copain.

Alexandre n'osait ni bouger, ni répondre. Il tentait juste de faire semblant de ne pas sentir la douleur.

– Tu sais que tes parents m'aiment bien, ajouta l'oncle, ce serait dommage que leur fils ne m'aime pas. Tu veux bien me faire visiter ta cabane comme si j'étais un nouveau copain ?

Sentant les ongles s'enfoncer encore plus profondément en lui, il fit oui de la tête tremblant comme une feuille, se tourna et pénétra dans sa première et dernière cabane d'enfant.

Alexandre se réveilla brusquement sur le divan du Dr Bach.

– Nous n'arrivons jamais à aller plus loin dans votre souvenir, dit la psy. C'est comme si votre subconscient s'obstinait à me faire barrage.

Alex se retourna vers la quinquagénaire en continuant de respirer d'une manière saccadée. Elle était là, assise les jambes croisées, griffonnant sur son bloc note.

– Combien de temps ? demanda-t-il.

– A peine deux minutes, répondit-elle laconique.

– Vraiment ?! J'ai eu l'impression que c'était bien plus long. C'était si réel !

– Vous confronter à ce souvenir ne fera que vous rendre plus fort face à vos traumas.

– Je me demande si m'en souvenir avec une telle précision est aussi bon que cela pour moi.

Le Dr Bach se tourna enfin vers Alex. S'autorisant à sourire, elle enleva ses lunettes et entreprit de détendre son patient.

– Votre travail se passe bien en ce moment ?

– Aussi inintéressant et bien payé que d'habitude. Je bosse chez moi de mon ordinateur. Je conçois des choses à la simplicité enfantine et mes clients semblent être heureux de s'en contenter. Ça me laisse du temps libre pour autre chose.

– Pour quelles choses par exemples ? demanda la psy arrivant à son but.

– Et bien, ce qui m'intéresse vraiment. Mes vraies passions.

– Vous prenez le temps de sortir ? Nous avons déjà parlé de votre tendance à préférer le virtuel au réel. D'ailleurs votre petite amie Florence, comment évolue votre relation ?

Après un long blanc, Alexandre lâcha le morceau.

– Nous avons rompu ce week-end.

– Encore ! s'exclama la thérapeute avec un mélange de fausse surprise et de réprobation. Pour quelle raison ? Etait-ce sexuel comme pour la précédente fille ?

– Non ! dit-il rongeant l'ongle de son pouce. Elle voulait avoir des enfants.

II

Sur le chemin du retour, Alex se remémora la suite du souvenir. Ce que son subconscient n'avait pas voulu révéler à sa psy, lui s'en souvenait parfaitement. Il le revivait chaque jour depuis plus de vingt ans maintenant. Il continuait son introspection en gravissant l'escalier qui le ramenait à son appartement, lorsqu'il vit un individu à l'étage lui faisant dos. Il était juste à côté de l'appartement faisant face au sien. Il s'agissait certainement de son nouveau voisin. Se rapprochant, Alex vit à la manière que l'homme avait de fouiller dans ses poches que celui-ci cherchait ses clés. Il se risqua à un premier contact.

– Leurs clés sont tellement minuscules que ce n'est pas facile de les retrouver du premier coup, hein !

Il tendit la main vers l'homme et fit le sourire le plus urbain que son humeur lui permettait. Lorsque son nouveau voisin se tourna vers lui, son sourire s'ébrécha. Le vieil homme qui lui faisait face était d'une maigreur mettant mal à l'aise. Il nageait dans un imperméable trop ample et suait à grosses gouttes. Lorsqu'il regarda Alex dans les yeux, c'est à peine s'il sembla se rendre compte de sa présence. Ses doigts tremblants recommencèrent à fouiller son manteau.

– Mon ange ! Il faut que je le vois…il faut que je le vois…sinon…

Il marmonnait pour lui-même des bribes de phrases incompréhensibles.

– Avez-vous besoin d'aide Monsieur ? demanda faiblement Alex. Vous n'avez pas l'air bien.

A peine eut-il prononcé ces mots que le verrou de la porte se fit entendre. Cette dernière s'ouvrit aussitôt laissant apparaître un garçonnet d'une dizaine d'année. Un large sourire édenté se forma sur le visage du vieil homme.

– Oh mon ange ! articula-t-il.

Le garçon qui se tenait derrière la porte ne respirait pas non plus la santé. Son visage d'une blancheur maladive faisait ressortir des yeux aussi noirs que ses cheveux. Il était fagoté d'un vieux pull trop grand pour lui dont les manches recouvraient entièrement ses bras. Cela donnait à son apparence une fragilité supplémentaire.

L'ancêtre sembla soudainement reprendre vie. Il rentra en caressant les cheveux de l'enfant d'une façon qui révulsa Alex.

– Merci Monsieur, dit-il. Finalement j'avais seulement laissé mes clés ici !

Il tremblait comme un dément, contrastant avec l'immobilité de l'enfant. Quand ce dernier ferma la porte, il fixa le regard de son voisin. Alex en fut si troublé qu'il resta quelques minutes dans le couloir avant de rentrer chez lui. Le regard du petit avait quelque chose d'indéfinissable. Il eut peur de comprendre ce qu'il signifiait.

III

Une semaine durant, Alex ne quitta pas son appartement. Le jour, il passait la majeure partie du temps collé à la porte, l'œil fixé sur son judas. La nuit, il ruminait, traînant les pieds dans le salon, ou se retournant dans son lit. Les voisins d'en face étaient devenus son obsession. Le vieux sortait régulièrement et revenait avec des emplettes. Il arrivait que l'enfant sorte avec lui, mais c'était plus rare. La plupart du temps, il était terré dans l'appartement. Les deux seules et uniques fois où il l'avait vu sortir et rentrer au bras du vieux, il avait toujours ce regard. Un regard que Alex avait de plus en plus de mal à supporter. Plusieurs fois alors qu'il savait que le garçon était seul, il aurait aimé profiter de l'absence de son parent pour aller le chercher. Il n'avait pas osé.

Après sept jours d'observation, le téléphone sonna. Alex savait que c'était le Dr Bach car il avait donné à ce contact une sonnerie spécifique. Ses employeurs avaient également tenté de le joindre dans la semaine, mais il n'avait pas donné suite aux messages téléphoniques. Il hésita quelques instants puis décrocha.

– Alexandre, c'est le Dr Bach à l'appareil. Je m'inquiétais ! Vous n'êtes pas venu à notre rendez-vous hebdomadaire et vous n'avez pas prévenu. Cela ne vous ressemble pas.

– J'étais occupé, dit-il placidement.

– Ah, je comprends, nous avons tous des imprévus. Seriez-vous disponible jeudi prochain à l'heure habituelle ?

– Je ne sais pas. Il faut que je reste là pour surveiller. Quelques heures d'absence et je peux rater quelque chose de crucial. On ne sait jamais avec les monstres.

La praticienne ne répondit pas tout de suite. Puis, se décidant elle posa sa question sur un ton maternel.

– Que se passe-t-il Alex ?

– Mon nouveau voisin est un prédateur. Il vit avec un gosse d'à peine dix ans et je sais qu'il se sert de lui ! Je l'ai vu dans les yeux de l'enfant, JE LE SAIS !

Il éclata en sanglot. A l'autre bout du fil, la spécialiste prise au dépourvu tenta de garder son sang froid.

– Etes-vous sur de ce que vous avez vu ? Vous souvenez vous de l'erreur de jugement que vous avez fait, il y a huit ans de cela ? Ces accusations hâtives vous ont coûté chère à l'époque et…

La rage d'Alex lui coupa la parole.

– Mais pourquoi je vous écoute bordel ?! Vous croyez tout savoir ? Moi contrairement à vous, je sais ce que c'est ! Je sais reconnaître un monstre quand j'en vois un !

– Alexandre, ce que j'essaie de vous expliquer c'est que les marques d'affection ne sont pas des signes de perversion ! Nous y travaillons depuis des années mais…

Il jeta son téléphone contre le mur et su alors ce qu'il devait faire.

IV

Quelques minutes après, le cœur battant la chamade, il sonna à la porte de son voisin. Il fallut attendre un certain moment avant que des bruits de pas ne se rapprochent de la porte. Alex avait résisté à la tentation d'appuyer une seconde fois sur la sonnette en dépit de sa nervosité. Une trop grande insistance aurait déclenché la méfiance. Alex se rendit compte que le vieil homme regardait à travers le judas et se crispa sur le cric de voiture qu'il cachait dans son dos. Le bruit de la serrure se fit entendre, puis lentement, la porte s'ouvrit.

Deux choses choquèrent immédiatement Alex. La première fut la vision du vieillard dégoulinant de sueur et enveloppé dans un peignoir. La seconde fut le couloir de l'appartement qu'il n'avait pu voir quelques jours auparavant. Quasiment aucun meuble, mais des centaines de livres anciens et modernes étaient posés contre les murs du sol au plafond. Il y avait à peine la place pour se déplacer le long de ce corridor. Il fallut que l'ancêtre se décide à parler pour que la torpeur d'Alex cesse.

– Que voulez-vous ? demanda t-il sur un ton aussi moribond et décalé que lors de leur première rencontre.

Alex ne su quoi dire et en guise de réponse, fracassa son cric sur le visage du dément. Il avait donné son coup avec maladresse, mais ce fut suffisant pour que le nez de son voisin se mette à saigner abondamment. Sur le coup, celui-ci ne pu émettre qu'un petit couinement d'animal blessé et recula brutalement vers le couloir. Alex galvanisé par l'adrénaline enchaîna la suite de ses mouvements très vite. Il referma la porte derrière lui et attrapa par le col celui qui allait payer pour l'injustice qu'il avait subi deux décennies plus tôt. Il l'emmena sans difficulté dans la première pièce qui s'offrait à lui. Le salon. Après avoir jeté le vieux au sol, Alex resta interdit quelques instants. Il n'avait pas de plan. Il voulait juste que le garçon ne reste pas une minute de plus dans les griffes de ce monstre. Il s'en voulait déjà de ne pas l'avoir aidé plus tôt, lui que personne n'avait secouru.

– C'est fini, murmura Alex à l'intention de celui qui ressemblait tant à son bourreau.

L'intéressé était encore sonné et regardait paniqué son tourmenteur de ses grand yeux jaunes. Alex s'apprêtait à demander à sa proie où était le garçon lorsqu'il fit soudain attention à l'étrangeté de la pièce où il se trouvait. Les fenêtres étaient recouvertes de carton afin de laisser filtrer le minimum de lumière. Des livres de toutes sortes s'entassaient également, de nombreuses photos et gravures étaient accrochées aux murs. Le salon était lui aussi chichement fourni en meubles. Une table où étaient posées quelques bouteilles de vin pour la plupart vides. Quelques chaises, un bureau, quelques vieux bibelots, pas de téléviseur. Alors qu'il s'apprêtait à visiter les autres pièces pour trouver l'enfant et le sortir de cet endroit nauséabond un détail sur le mur le figea sur place. Une photo. Une très vieille photo en noir et blanc jaunie par le temps représentait le garçon avec un autre adulte. A en juger par les vêtements et la moustache caractéristiques de l'homme, elle semblait dater du début du siècle dernier. Il écarquilla les yeux et observa attentivement celle-ci. Cela ne pouvait être le même enfant et pourtant c'était ce même regard unique ! La respiration d'Alex s'accéléra et il entreprit d'observer toute les autres photos sur le mur. L'enfant y était à chaque fois représenté à différentes décennies, et à chaque fois avec un homme différent. Il tressaillit lorsqu'il vit que l'une d'entre elles représentait son vieux voisin. Il était bien plus jeune sur cette photo et surtout bien plus en forme. En dépit d'un regard déjà fuyant, il était bien portant dans une chemise typique des années soixante-dix, posant ses mains sur l'épaule du garçonnet qui affichait son visage dénué de sourire. Le petit prenait également toujours la même pose sur les photos. Debout, droit comme un piquet, les mains dans les poches et fixant l'objectif avec mépris. La tête d'Alexandre tourna. Cela ne pouvait être qu'une mauvaise blague ou alors sa psy n'avait pas tort et il commençait à devenir réellement fou. Il voyait l'enfant partout ! Faisant son possible pour que sa main tremblante ne lâche pas son cric, il buta sur une statue représentant Daphnis et Pan en faisant volte face sur lui. Ce qu'il vit le fit frémir. Le vieil homme était à présent debout et complètement nu, son peignoir jeté au sol. C'était comme si il était fier d'exhiber son corps mangé par d'innombrables cicatrices. Si sa tête et ses mains étaient dénuées de ce type de marques, le reste de sa peau était une ode à la mutilation. Combien d'années avait-il fallu pour que cet homme fasse ressembler son corps à une telle monstruosité ? Du torse jusqu'aux pieds, pas un centimètre carré de chair n'était épargné. Pas même ce sexe flasque qui pendait entre ces deux jambes squelettiques. Ce pervers était donc encore pire qu'il ne l'avait imaginé !

– Tu as fait ça au gosse ? siffla Alex entre ses dents.

Le vieillard hésita, puis ouvrit doucement la bouche et parla comme s'il disait un secret.

– Vous ne comprenez pas. Il a besoin de moi autant que j'ai besoin de lui !

Cette excuse aberrante fit exploser Alex. Il se jeta sur le mutilé et le frappa de toutes ses forces avec son cric. Il continua de frapper, encore et encore, jusqu'à ce que son visage ne soit plus qu'une bouillie informe et sanguinolente. Il finit par arrêter de frapper, haletant et vit alors que l'enfant était là. Bien qu'ayant le visage couvert d'un sang qui n'était pas le sien, Alex s'avança vers lui d'une manière qu'il voulut rassurante.

– N'ais pas peur petit. C'est fini, il ne peut plus rien te faire.

L'enfant s'approcha alors de quelques pas et de la lumière blafarde du salon. Alex ne comprit pas ce qu'il vit. Les mains de l'enfant n'étaient pas des mains humaines. Cette chair grisâtre était formée de quatre doigts visqueux d'où sortaient des espèces de dards.

– Crétin ! cracha le garçon, avant de lacérer le torse d'Alex qui tomba en arrière.

Les griffes du gamin avaient fait quatre fines rayures à travers le T-shirt. Quatre écorchures d'où sortaient de légers filets de sang. Sur le coup la douleur bloqua Alex au sol et fit monter ses larmes. Puis, rapidement, une étrange euphorie monta de ses nouvelles cicatrices jusqu'à son cerveau. D'un seul coup, il n'y avait plus de souffrances physiques ou morales. Juste le bonheur de se laisser aller à cette extase. Il regarda l'enfant et trouva alors que son regard était le plus beau qu'il ait vu de toute son existence. Le garçon se dirigea vers la table, prit une bouteille de vin encore remplie et se servit un verre.

– A partir de maintenant, tu devras t'occuper de moi et subvenir à tous mes besoins, dit l'enfant en avalant le verre d'un trait. Sinon, tu n'auras pas ta dose !

Sa voix était si particulière. Une voix sans âge où les émotions restaient prisonnières.

– Pourrais-je encore en avoir un peu ? Supplia Alex.

Le monstre sourit, s'approcha de son nouvel esclave et lui planta l'une de ses fines griffes dans le ventre. Le venin psychotrope s'insinua dans l'organisme d'Alex et augmenta encore la dévotion de ce dernier envers l'être dont il ne pourrait dorénavant plus se passer. Il observa son maître avec des larmes de joie dans les yeux. C'était comme si à présent, il voyait l'enfant tel qu'il était vraiment. Un ange païen qui l'irradiait de sa beauté. Alex ferma les yeux et s'enfonça dans une béatitude sans prix.

FIN

Aurélie Wellenstein

BLANDINE ET LES JAGS

Des cris précédèrent le drame. En pleine après-midi, alors que Blandine aidait son père à biner la terre caillouteuse de leur lopin, un cavalier surgit sur la parcelle. Débraillé, les yeux fous, il agitait les bras et vociférait des paroles qu'emportait le vent. Le père de Blandine cessa de peiner sur son racloir et se redressa, une main sur ses reins douloureux. La jeune fille, accroupie sur la terre gelée, se contenta de relever la tête. Le cavalier venait droit sur eux à brides abattues.

– Hola ! l'interpella le père. Ralentis un peu, camarade ! Tu écrabouilles mes cultures !

– Sa monture va se briser une jambe dans une ornière, chuchota Blandine, les sourcils froncés d'inquiétude.

Comme souvent quand elle était anxieuse, elle tripota la griffe qu'elle portait en sautoir autour du cou. Son index en suivit plusieurs fois la courbe lisse, avant de titiller nerveusement son extrémité tranchante.

– Cache ta fille, paysan ! tonitrua le cavalier. Ils arrivent !

– Qui ? cria l'homme en retour. Les pourris ?

Le cheval passa à moins de dix mètres d'eux, piétinant les plants de navets faméliques. L'homme vociféra :

– Les Salubres prennent les gosses ! Cachez vos filles et vos garçons ! Écoutez-moi ! Écoutez-moi !

Sa voix s'affaiblissait déjà dans le lointain. Le père se retourna vers sa fille. Blandine le scruta, attendant le signal qui désamorcerait son inquiétude – un haussement d'épaules ou un demi-sourire – mais de profondes rides plissaient son front pâle. Dans l'obscurité crasse de l'après-midi, il paraissait plus âgé que ses trente-cinq ans. De ses doigts crochés par l'arthrite, il redressa ses lunettes tordues.

– On aurait dit qu'il avait le Décrépi aux trousses, plaisanta la jeune fille.

– M'a tout l'air d'être le contraire, ma belle, bougonna-t-il. Bon, on va rentrer.

– Mais pourquoi ? Ce qu'il a dit n'a aucun sens. Les Salubres nous protègent. Pourquoi s'en prendraient-ils à nous ?

– Je ne sais pas, marmonna son père. Je ne suis pas sûr.

Son regard se déporta sur la campagne boueuse. Le ciel était bouché, comme toujours. Les nuages bas, couleur anthracite, s'amoncelaient en paquets sombres, pleins de plis et de crevasses. Un rai de lumière rouge suintait au ras du sol. La clarté du jour avait atteint son maximum. Bientôt, la nuit se scellerait sur la grisaille et la température chuterait en dessous de zéro. Dans le silence des champs vides, figés dans le froid hivernal, la voix rauque de son père parut très forte, très menaçante aussi :

– Les voilà, dit-il.

– Les Salubres ?

Le vieillard acquiesça du menton.

– Mais enfin, ce sont des prêtres de l'Homme Sain ! protesta Blandine. Tu ne vas pas croire les paroles d'un fou ?

Son père lui saisit la main et la tira à sa suite sans douceur.

– Tais-toi, lui rétorqua-t-il sèchement. Tu ne sais pas ce que tu dis.

Blandine pâlit. L'urgence dans sa voix, le frémissement de sa lippe contrastaient avec son assurance ordinaire. Elle tourna la tête pour regarder l'horizon. Une colonne de poussière s'élevait dans le lointain. Des torches brillaient dans la pénombre, à peine plus grosses que des lucioles à cette distance. Des piques et des drapeaux hérissaient la masse sombre des cavaliers. Blandine eut l'impression de sentir le sol vibrer sous ses sandales. Un groupe venait, un groupe très nombreux.

« Ils prennent les gosses. »

La main crispée sur la griffe de son collier, elle courut à la suite de son père.

Les ruelles du village se vidaient. Les portes claquaient sur leur passage et on éteignait les lampes dans les maisonnées. Une femme criait à une fenêtre, les yeux exorbités par la peur, appelant ses fils.

Le silence retomba et soudain, ils se retrouvèrent seuls dans le village fantôme, leurs semelles raclant la terre gelée. Ils gagnèrent leur masure, hors d'haleine.

– Tu vas te cacher dans la cave, dans le tonneau d'eau, haleta son père, et tu n'en sortiras pas avant que je vienne te chercher, tu as compris ? Quoi qu'il arrive, tu ne bouges pas de là.

Incapable d'articuler une parole, Blandine opina du chef. Elle était terrorisée. Les marches branlantes de l'escalier se dérobèrent sous elle. Elle se reçut à quatre pattes dans la poussière du sous-sol. Ses jambes tremblaient tant qu'elle peinât à enjamber le tonneau. L'eau glacée lui coupa le souffle lorsqu'elle s'accroupit au fond de la barrique. Elle tira le couvercle et se retrouva dans le noir.

– Ça va aller, décida-t-elle. Ce n'est rien.

L'exiguïté du tonneau rendait sa position inconfortable. Assise sur ses talons, elle restait en tension pour garder la bouche hors de l'eau.

Qui étaient ces mystérieux cavaliers ? S'agissait-il vraiment de Salubres ? Comme tout le monde, la jeune fille avait été élevée dans le culte de l'Homme Sain. Chaque dimanche, elle priait devant l'autel délabré du village, pour que la pourriture se tienne éloignée des siens. Marthe, l'herboriste, dirigeait l'office, et Blandine n'avait jamais rencontré de véritables prêtres. Pourquoi seraient-ils venus jusqu'ici, sur cette parcelle de terre stérile, rongée par les ténèbres ? Le roi les avait tous rappelés à la capitale, il y a plus de dix ans, pour assurer son salut. On racontait qu'à la ville, les gens vivaient parfois jusqu'à soixante ans. Une perspective presque irréelle pour la jeune fille dont les proches s'étaient tous éteints avant quarante ans.

Le tumulte qui éclata dans le village la fit sursauter. Elle repoussa ses mèches trempées derrière ses oreilles et écouta. Des femmes hurlaient. Des hommes répliquaient sauvagement. Les ordres fusaient. Un cheval hennit et un coup de feu se répercuta en longs échos dans les ruelles.

L'adolescente se mordit la lèvre pour ne pas crier. La griffe ornant son collier flottait à la surface de l'eau. Elle l'attira dans son giron et la serra de toutes ses forces.

– Tu n'as pas peur, s'assura-t-elle. Il ne t'arrivera rien.

Elle avait été marquée par le Jag ; elle n'était pas n'importe quelle petite fille terrifiée. La peur glissait sur elle, comme sur le pelage des redoutables fauves. Dans ses rêves, elle aimait imaginer qu'elle était l'une des leurs. Elle appartenait à la horde du félin albinos qui avait croisé sa route, alors qu'elle n'était qu'un bébé.

On lui avait tant raconté cette histoire, qu'elle s'était imprégnée de ses moindres détails. Personne ne la croyait quand elle disait avoir de véritables souvenirs de la scène, mais il y avait au plus profond d'elle la rémanence d'une large tête blanche et chenue, penchée sur elle.

Son père et elle étaient aux champs lorsque la horde de Jags avait déferlé sur le village. Plusieurs personnes avaient été emportées par les fauves. L'un des carnassiers, une bête formidable, toute blanche, avait flairé l'odeur de Blandine. Armé de sa seule binette, son père s'était interposé ; un coup de patte l'avait renvoyé dans ses plants de navets.

Blandine aurait dû périr au moment où la gueule du prédateur s'était ouverte, mais elle avait tendu sa minuscule main vers le gouffre tiède et l'avait posée sur la truffe rose de l'animal. Le temps s'était figé. Le fauve et elle, face à face.

Pourquoi avait-elle été épargnée alors que tant d'autres étaient morts sous les griffes de la horde ?

Elle était devenue une sorte d'élue dans son village, la fille du Jag, admirée pour cet acte inconscient et héroïque. Souvent, elle rêvait du fauve. Quand elle se sentait mal ou que les larmes lui montaient aux yeux, elle murmurait son mantra « le Jag m'a choisi. » Elle ne craignait rien aujourd'hui, ni croquemitaines ni voleurs d'enfants.

– Tout ira bien, répéta-t-elle.

Elle avait à peine terminé sa phrase qu'une voix masculine explosa à l'étage :

– Écarte-toi, cul-terreux, ou je t'étripe !

Blandine se tétanisa. Des bottes martelaient les planches au-dessus d'elle. Son père disait quelque chose, mais elle ne parvenait pas à comprendre les mots.

– La paix, vieillard ! aboya une autre voix.

Blandine souleva le couvercle de quelques millimètres. À travers les planches disjointes du plancher, elle discerna les ombres de trois hommes. Ils se tenaient proche les uns des autres, presque tête contre tête. Nettement audible, la voix du voleur d'enfants rauqua :

– Je sais que tu as une fille, ton voisin nous l'a dit. Écarte-toi si tu veux vivre.

– Le voisin ment, commença son père. Laissez-moi en paix. Laissez-moi…

Assourdissant, le coup de feu résonna dans l'espace confiné. Un choc sourd ébranla le parquet, suivi d'un deuxième quand son père, des genoux, bascula sur le côté. La lumière qui filtrait de l'étage s'obscurcit. Un liquide sombre imprégna le plafond, suinta à travers les planches et tomba, goutte à goutte, dans la poussière de la cave.

Les hommes se séparèrent. L'un remua leurs maigres possessions, retournant le lit de son père, brisant les caisses et les placards. L'autre… La porte de la cave vola en éclat.

Blandine remit précipitamment le couvercle en place. Les yeux fermés, les poings serrés autour de sa griffe, elle retint sa respiration. Il ne fallait surtout pas que l'homme l'entende sangloter.

Le tueur passa devant elle pour rejoindre le fond de la cave où il fracassa leurs cagettes remplies de navets. Puis il pivota sur ses talons et revint droit vers elle. Le tonneau bascula. Le couvercle roula dans la poussière et l'eau se déversa sur le sol. Surpris, le Salubre recula pour ne pas se faire éclabousser.

C'était sa seule chance ! Blandine se rua hors de sa cachette et s'élança vers l'escalier. Au moment où elle passait devant les jambes de l'homme, elle sentit des doigts lui effleurer le dos, mais elle se déroba d'une pirouette. Vite ! s'ordonna-t-elle. Cours ! Cours ! Elle effaça les marches en trois enjambées et fusa vers la porte, tête baissée. Ses pieds soulevèrent de petites éclaboussures. Jamais elle n'avait couru aussi vite. Aussi vite qu'un jag ! Elle s'élança à travers la salle à manger, vers la sortie, courbée, les pieds battant le plancher. Elle allait le faire. Elle allait…

Une main recouverte de maille se referma sur sa nuque et l'arracha de terre. Elle se débattit, hurlant, crachant, ruant des quatre fers.

– Lâchez-moi ! criait-elle.

Sa robe trempée se plaquait contre son corps maigre. Des deux mains, elle martela le velours rouge de la tenue du Salubre.

– Laissez-moi !

– Pas de doute, celle-là est saine, intervint une seconde voix au timbre râpeux.

Blandine se contorsionna pour regarder l'autre prêtre. Arrivé au sommet des marches, le Salubre repoussa du pied un corps recroquevillé. La jeune fille émit un son étranglé, qui se fragmenta en sanglots. Son père gisait dans une mare de sang ; de petites empreintes rouges remontaient depuis le cadavre jusqu'à elle : elle avait marché dans son sang !

– Non ! hurla-t-elle. Papa !

Il ne frémit même pas. Il s'était interposé pour la dernière fois entre elle et le danger. Jadis, un fauve l'avait épargné ; aujourd'hui, un homme en rouge le sacrifiait comme un chien. Il était mort pour la protéger. Mort en vain.

Blandine traversa son village dans une brume de souffrance. Ses jambes la soutenaient à peine et sans la poigne de l'homme qui la traînait, moitié marchant, moitié courant, elle se serait effondrée. Des corps jonchaient la ruelle, les yeux grand ouvert. Des pleurs montaient des maisons. Elle reconnut la silhouette de Jonas, leur voisin, courbée entre trois ou quatre Salubres. De son bras atrophié, il indiquait une masure. Les autres hochaient la tête.

On la fit grimper dans une charrette transformée en cage. Une dizaine de jeunes garçons et des filles s'y entassaient. Ils ne soufflèrent pas un mot quand elle s'étala à leurs pieds, mais une main secourable l'attira vers une place sur le banc. Elle se recroquevilla contre des bras inconnus, se pelotonna dans leur chaleur animale, et les poings plaqués contre les oreilles, s'isola de leurs reniflements et leurs sanglots.

Toujours cette clarté pâteuse. Blandine perdait le compte des jours et des nuits. Leur convoi grossissait au fur et à mesure des haltes dans des villages misérables. Parfois, les Salubres emportaient les jeunes gens sans résistance ; d'autres fois, la rafle semait la mort chez les villageois. Il y avait maintenant vingt-trois autres prisonniers dans la charrette. Il formait une même masse de chair, gémissante et frissonnante. Blandine était anesthésiée. La vision de son père, baignant dans son sang, la hantait. Choisie par le Jag ou non, elle avait été emportée comme les autres.

Elle parlait peu à ses camarades. Recentrée sur sa propre chaleur, elle triturait sa griffe et marmonnait sans relâche le nom des jags. Si seulement ils avaient pu attaquer le convoi… Un peu plus tôt, son cœur s'était serré d'espoir. Au sommet d'une colline, une poignée de fauves se découpait dans le contre-jour gris. Les prêtres avaient murmuré des prières et fait cliqueter leurs armes ; les prédateurs n'avaient pas bougé, se contentant de regarder passer la caravane de misère.

De nouvelles victimes grossissaient la cage. Ahuris, ils posaient tous les mêmes questions :

– Où nous emmènent-ils ?

– Pourquoi font-ils ça ?

Personne ne le savait. Personne ne comprenait. Les Salubres étaient les prêtres de l'Homme Sain. Leurs cantiques repoussaient la pourriture. Malgré la violence de la capture, ils traitaient leurs prisonniers correctement, leur donnant eau et nourriture, et même une couverture pour les heures les plus froides de la nuit. Si certains délaissaient leur ration, Blandine mangeait la sienne. Elle devait conserver le maximum de ses forces, si elle voulait s'enfuir.

Le quatrième jour déclinait lorsqu'un incident éclata entre les prisonniers. Un nouvel arrivant, un gosse maigrelet qui disparaissait presque entièrement dans les plis de sa robe en bure, s'était recroquevillé en position fœtale au fond du chariot. Quand les autres se redressèrent avec une clameur dégoûtée, Blandine crut qu'il était mort.

– Qu'est-ce qui se passe là-dedans ? éructa un des Salubres. Assis ! Restez tranquille !

– Y a un pourri ! s'exclama une fille. Vous l'avez mis avec nous, bande de demeurés !

Les adolescents se tassaient contre les barreaux pour s'éloigner du pestiféré. Le garçon ne bougeait plus. Sa robe de bure, en se froissant contre la paroi du chariot, s'était soulevée et révélait un pied gangrené par la maladie. Les orteils étaient tombés. La pourriture marbrait la chair de l'enfant comme une peau de serpent verdâtre.

– Écartez-vous ! ordonna un Salubre.

Le garçon ne se défendit pas quand les Hommes Sains l'hameçonnèrent au bout d'un crochet. Ils le tirèrent jusqu'au sol, où il roula avec un râle exténué. Ses yeux vides reflétèrent la grisaille des nuages. La pourriture veinait déjà son cou.

– Qui a fait ça ? hurla le Salubre. Quel est l'imbécile qui a introduit cette chose dans la cargaison ?

Personne ne se dénonça parmi les Hommes Sains.

– Il les a peut-être tous contaminés, grommela l'un des prêtres. Tout est à refaire…

– Je suis désolé Grand Clerc, intervint un homme en rouge en s'avançant d'un pas. Quand je l'ai recruté, il était sain. C'est le Décrépi assurément qui…

Il n'acheva pas sa phrase. Le pistolet du Clerc lui emporta la moitié du visage. Une deuxième déflagration roula sur la plaine et l'enfant pourri eut en un ultime soubresaut avant de se figer.

Blandine n'avait jamais vu la capitale. Ce qu'elle découvrit surpassait tout ce qu'elle avait pu imaginer. La ville s'érigeait comme une montagne d'acier sur la lande sombre. Des centaines d'édifices bâtis tout en hauteur se lovaient autour de l'église de l'Homme Sain : une tour gigantesque surplombant le vide. Des antennes râteaux hérissaient les toits. Des câbles reliaient le faîte des immeubles. Des milliers de tubes, couverts de rouille, grimpaient à l'assaut des façades. Partout, des écrans clignotaient, emplissant la nuit de flashs bleutés.

Blandine et les autres prisonniers agrandissaient les yeux, pétrifiés par une crainte révérencielle. Mais quand ils franchirent les remparts de la ville, la puanteur les assaillit comme un poison. Les murs étaient sales et décrépis. Les appartements paraissaient bas de plafonds et les étages n'étaient pas toujours planes comme en témoignait le mauvais alignement des fenêtres. Faisant le tour d'une place, Blandine constata que d'un immeuble, il ne restait que la façade ; derrière c'était un tas de briques et de plâtre. Plus loin, c'était encore pire. Déchets et excréments s'amoncelaient dans les caniveaux. Les Salubres ouvraient la marche, criant « Place aux Martyrs de l'Homme Sain ! Laissez passer le convoi ! » et la foule s'écartait craintivement devant eux. Quelques voix serviles ânonnaient parfois « Gloire à l'Homme Sain », mais nombreux étaient ceux qui se cachaient au passage des hommes d'Église. Dans la pénombre d'une maison, Blandine aperçut un vieillard qui dissimulait un moignon dans sa manche. Plus loin, c'était une femme dont la chevelure huileuse masquait à peine la vérole sur son visage. Un enfant crasseux, couvert de hardes, grattait ses croûtes sous un porche.

La charrette s'arrêta à proximité de l'église et les Salubres escortèrent leurs prisonniers dans l'édifice immense et glacé. De somptueux vitraux chatoyaient à la lumière des candélabres. Les jeunes gens formèrent une longue file entre les piliers de la nef. Des femmes en blouse blanche boutonnée jusqu'au col auscultèrent les filles ; des hommes rigides et sévères, les garçons.

Dès qu'elle s'approcha d'elle, Blandine repoussa la prêtresse. Un Salubre dut la maintenir pour que la femme examine ses dents, tire ses oreilles, palpe son corps et pelote ses seins. Finalement, elle se recula et nota quelque chose dans son registre.

– Elle est saine, déclara-t-elle, vous pouvez l'accrocher.

Ils l'avaient attachée sur une croix, devant les remparts. Plusieurs martyrs pendaient déjà sur les crucifix. Certains se débattaient avec hargne et la tige de métal oscillait sous l'effet de leurs contorsions. D'autres gémissaient, les mains et les pieds exsangues. Les derniers ne bougeaient plus du tout.

Les cordes meurtrissaient les poignets et les chevilles de Blandine. Un voile couvrait pudiquement ses seins et le haut de ses cuisses, mais le reste de son corps était exposé au froid mordant.

Le cœur de la jeune fille tambourinait dans sa poitrine. Ses dents s'entrechoquaient sans relâche. Elle serrait les mâchoires quelques secondes avant de les laisser claquer de nouveau. À sa droite, un garçon sanglotait doucement. Ses lèvres remuaient, sans qu'elle comprenne la moindre de ses paroles. À sa gauche, une fille fixait l'horizon d'un air morne et résigné. C'est à elle que Blandine s'adressa :

– Que vont-ils nous faire ? lança-t-elle. Pourquoi nous ont-ils attachés sur ces croix ?

La fille tourna la tête vers elle. On l'avait maquillée et sa magnifique chevelure, brossée et ointe d'huile, ondulait dans son dos.

– Tu ne le sais pas ? Ils pensent que nous allons repousser la pourriture. Nous sommes les figures de proue de l'Église, sensées tenir le

Décrépi éloigné de la capitale.

– Et cela marche vraiment ? balbutia Blandine. Comment ?

La fille reporta son regard maussade sur l'horizon.

– Je n'en sais rien, mais crois-moi, si c'était en mon pouvoir, je lui ouvrirais en grand les portes de cette maudite ville.

Blandine perdit le fil du temps. Le jour se leva. Le soleil éclaira la lande stérile, s'attarda un instant, avant de replonger derrière l'horizon. Par moment, de brèves réflexions illuminaient son calvaire. Était-elle vraiment une gardienne ? Se pouvait-il réellement qu'elle repousse la pourriture ? Était-ce pour cela que les gens de la capitale vivaient plus vieux que ceux des campagnes ?

Sa langue avait enflé dans sa bouche et la soif lui écorchait la gorge. Ses articulations douloureuses grinçaient. Plus loin, un garçon hurlait à s'en briser la voix. Les crampes… À la première, Blandine savait qu'elle s'effondrerait.

La jeune fille avait réussi à s'endormir. Elle ne s'en rendit compte que lorsqu'elle fut rejetée hors du néant par des hurlements sauvages. L'épuisement physique et moral l'avait enfoncée si loin dans l'inconscience qu'il lui fallut plusieurs secondes avant de réaliser où elle se trouvait et ce qu'il se passait.

Il faisait nuit. Des grondements et des piétinements montaient du pied des croix. Son premier réflexe fut de penser aux jags. « Ils sont venus. » Mais ce n'était que des hommes, enveloppés dans des bandages et vêtus de hardes sales, qui avançaient en chancelant. L'un d'eux perdait des pans entiers de peau. Ses os gris-noir apparaissaient dans les trous des plaies. La plupart claudiquaient sur leurs moignons.

Des pourris.

Les lépreux décrochèrent l'un des martyrs. Blandine se tendit. Venaient-ils les sauver ? Elle se démancha le cou pour regarder, mais se rencogna bien vite contre la croix, l'estomac tordu par la peur. Des bruits humides de mastications, ainsi que des bredouillements de plaisir, emplirent le silence. Les charognards humains se bousculaient en grondant comme des animaux.

Du martyr, il ne restait qu'une forme rougeâtre lorsqu'à l'aube, les pourris se retirèrent, le visage et le torse maculés de sang.

Tout le jour, Blandine oscilla entre la terreur des pourris et l'espoir d'une évasion éclatante. S'ils décrochaient les morts pour les dévorer, elle avait une petite chance de se sauver.

Quand ils revinrent, aux heures les plus noires de la nuit, elle ferma les yeux et ralentit sa respiration. Le bruit se rapprocha : traînement de chaussures dans la poussière, râles et éructations sonores. La horde se massait au pied de sa croix. Une main rugueuse effleura son mollet. Les murmures des pourris s'enroulèrent amoureusement autour de son corps nu.

– Saine... chuchotaient-ils. Le sang... d'une jeune... Je veux le sang d'une jeune !

Elle se raidit quand les lépreux tirèrent les liens qui enserraient ses chevilles, puis força ses muscles à se détendre. Si elle les effrayait maintenant, il risquait de se disperser.

Aidé par ses camarades, un des pourris escalada la croix. Son corps ravagé s'écrasa contre la poitrine de Blandine. Son haleine nauséabonde lui emplit les narines. Elle expira doucement. Ne surtout pas se trahir. Elle devait tenir une poignée de minutes, et une fois libre, elle sauterait au bas de la croix. Elle espérait que la découvrir en vie surprendrait suffisamment les pourris pour qu'ils renoncent à elle. S'ils s'acharnaient à la poursuivre, avec ses muscles raidis et douloureux, elle n'aurait aucune chance.

L'homme plaqua son mufle au creux de son cou. La nécrose avait emporté une de ses narines. Un grumeau de sang coula sur l'épaule de Blandine. Elle laissa faire. Le pourri sciait à présent la corde enroulée autour de son poignet gauche, mais de sa main libre, il s'aventura le long de son bas ventre.

La jeune femme serrait les mâchoires. Le câble s'était desserré et sa main gauche serait bientôt libérée. Le pourri continuait de lui fouailler le cou de sa bouche immonde. Le contact de ses dents branlantes lui levait le cœur. Plus que quelques secondes à tenir... Il la mordit.

Blandine hurla de douleur. Un spasme de révolte, de peur et de colère la souleva. Elle frappa des deux genoux. Une ruade réflexe qui déséquilibra l'homme. Le pourri s'écrasa au sol sans un cri. Son crâne heurta le sol dur, et y explosa. Des morceaux marrons clairs rejaillirent sur les jambes de ses compagnons, et il s'affaissa dans une posture grand-guignol, les yeux vides et écarquillés. Sans s'occuper de lui, les autres l'écrasèrent pour se rapprocher de la jeune fille.

D'un mouvement violent, Blandine libéra enfin son poignet, mais perdant ses points d'équilibre, elle bascula dans le vide. Seule sa main droite, encore attachée à la croix, la retenait. Pendue au-dessus de la horde, elle cria de douleur et de frustration.

Les pourris poussèrent une clameur avide. Ils sautaient pour l'atteindre, les bras tendus, la gueule ouverte, exaltés par la perspective de déchirer sa chair. Du talon, elle frappa le plus proche. Son pied fracassa la mâchoire de l'homme, qui tomba contre son torse. Il continua pourtant de hurler, tirant sa langue noire vers elle. Elle frappa derechef et cette fois, lui brisa les os du cou. Le lépreux s'affaissa, aussitôt remplacé par un membre de la horde. Blandine avait l'impression que le groupe grossissait, comme si l'agitation attirait d'autres pourris. Elle comprit qu'elle n'y arriverait pas, que même si elle se détachait, elle tomberait parmi eux et serait mise en pièce. Les hurlements envahissaient sa tête. Les yeux exorbités, elle crut devenir folle.

Puis d'une seconde à l'autre, tout s'arrêta ; les pourris se dispersèrent en couinant.

Une meute de fauves, emmenée par un félin chenu, arrivait au petit galop. Les jags filaient sans un bruit.

Des jags. Enfin.

Les larmes brouillèrent les yeux de Blandine.

– Je vous ai attendu, murmura-t-elle. Je vous ai tant attendu.

La jeune fille ne perdit pas de temps pour voir si les fauves allaient s'en prendre à elle. Elle se contorsionna pour enrouler ses jambes autour de la croix, et au troisième essai, réussit à refermer ses cuisses en ciseau sur le poteau. Tordue dans le vide, le dos cambré au possible, des éblouissements de soif et de faim explosant devant ses yeux, elle s'acharna sur le dernier lien.

Quand enfin le câble se dévida, libérant son poignet meurtri, elle baissa les yeux. Les jags s'étaient couchés au pied de la croix. Il y en avait une quinzaine, détendus et sereins.

Sans peur, la jeune fille sauta parmi les fauves. Le mâle chenu se redressa d'une seule ondulation musculaire. Il se campa devant elle. Ses muscles frémissaient imperceptiblement sous le poil court. Blandine saisit l'énorme tête et se mira dans les yeux dorés de la créature.

Les autres bêtes se levèrent à leur tour. Leur fourrure douce et tiède frôlait ses cuisses. Seul le haut du petit corps de Blandine émergeait de la mer soyeuse des dos et des crinières.

Elle leur sourit.

Les jags. Enfin.

Les mains sous les aisselles, le Salubre tapait du pied pour se réchauffer. Le vent geignait dans les interstices de la lourde porte de l'église. Il sursauta quand un choc ébranla les immenses panneaux de bois. D'un geste vif, il s'empara de son arme.

– Qui va là ? lança-t-il d'un ton bourru.

– Ouvrez-moi.

La voix était juvénile. Suffisamment pour intriguer le prêtre. Il fit coulisser le judas. Deux yeux las, pochés par les cernes, le fixaient par la petite ouverture.

– On ne fait pas la charité, grogna-t-il.

– Je ne suis pas une mendiante.

– Alors reviens demain, sale gamine.

– J'ai libéré les martyrs, poursuivit la voix d'un ton tranquille.

L'Homme Sain frémit. Il y avait des accents de vérité dans ce discours morne, débité sans passion. Échauffé par un début de colère, il entrouvrit l'huis pour la regarder.

C'était une fille de frêle constitution, à la peau si pâle qu'il voyait le réseau bleuté de ses veines par transparence. Ses cheveux crasseux pendaient en mèches huileuses sur son front. Un voile sale, taché de sang, enveloppait son corps osseux. Mais plus que tout, ce furent les marques sanguinolentes à ses poignets qui alertèrent le Salubre.

– Toi ! s'écria-t-il. Tu es descendue des croix ?

Sous une brusque poussée, la porte s'ouvrit en grand. Le lourd battant s'écrasa sur son visage, faisant éclater les cartilages de son nez. Avec un rugissement de douleur, le prêtre se plia en deux. Un nouveau choc le projeta sur les fesses ; cette fois, son arme glissa sur les pavés. Il leva la main pour endiguer l'hémorragie qui inondait sa bouche et son menton. Une ombre le recouvrit. La fille le fixait avec une expression indéchiffrable.

– Qu'est-ce que tu vas faire, catin ? aboya l'homme. Te venger, c'est ça ?

– Cela n'a rien à voir avec la vengeance, le détrompa-t-elle de sa voix maussade. Les miens ont besoin de chair fraîche et saine, vous comprenez ?

Elle écarta les bras et une dizaine de silhouettes souples et légères se massa autour d'elle.

– Mes amours ont faim.

FIN

Michaël Moslonka

LE DROIT A LA TORTURE

ou

la dégénérescence de l'individu par le travail

« Paressons en toutes choses, hormis en aimant et en buvant, hormis en paressant »

Gotthold Ephraim Lessing.

Une terrifiante déraison possède nos nations dites modernes. Cette déraison traîne à sa suite des drames individuels et des misères sociales. Elle livre en pâture à la torture notre triste humanité. Cette déraison, si proche de la folie et qui nous pousse à l'abandon de soi, est la valeur travail. Une valeur poussée jusqu'à la dégénérescence presque totale de l'individu et de sa progéniture.

La valeur travail,
Ou : ce que vaut l'individu.

Encyclopédiquement parlant, la valeur travail est une théorie selon laquelle la valeur d'un bien ou d'un service provient de la somme de travail ayant contribué à le produire [1].

Au XVIIIe siècle, l'économiste écossais Adam Smith [2] affirmait que le travail était la mesure essentielle de la valeur, même si celui-ci n'était pas à l'origine de la fixation des prix. Vingt-cinq ans après la mort de Smith, au début du XIXe siècle, l'un des premiers théoriciens de l'économie politique classique, l'anglais David Ricardo [3] développa la théorie de la valeur travail. Il affirma alors dans un ouvrage intitulé *Les Principes de l'économie politique et de l'impôt* que tous les coûts de production n'étaient autres que des coûts salariaux, payés directement ou accumulés sous la forme de capital, et soutint que les prix étaient proportionnels à la somme de travail qu'ils impliquaient.

Pourtant, une faille existait dans sa théorie : si parmi deux articles nécessitant la même quantité de travail, l'un était produit avec plus de capital, le fabricant de ce produit, plus riche en capital, devrait voir la qualité prise en compte dans le prix pour pouvoir gagner un bénéfice égal à celui du fabricant du produit à moins forte intensité de capital.

Après ces mots, au vu de la place du travail dans la société d'aujourd'hui, mais aussi d'hier et d'avant-hier, de part l'importance qu'occupe la déesse Économie dans notre quotidien et à l'heure où des succubes appelées Agences de Notation semblent pouvoir (vouloir ?) décider des politiques des nations, « ce que vaut une personne » [4] est réduit à sa simple valeur travail. À ce qu'elle produit et surtout, principalement, à ce qu'elle engendre comme coût.

La valeur travail se révèle chose froide et calculatrice. Elle est sans-pitié envers les êtres faits de chair, de sang et de neurones. Par des rituels que nous connaissons bien (ayant pour nom : logique administrative, états d'âme de gestionnaire, réduction des budgets, satisfaction et engraissement des actionnaires, auto-satisfaction et surengraissement des Grands Patrons, etc.) l'individu est transformé, à son tour, en chose froide : l'esclave technique. Rendu servile, enchaîné, vidé de toute forme d'éthique à son corps défendant ou de son plein gré, le travailleur (appelé également et pompeusement « professionnel ») est désossé de son humanité et de son caractère unique. Ainsi que du sens premier du terme « valeur ». C'est à dire : « Bravoure, vertu guerrière » [5].

Pourquoi ?
Peut-être parce que les femmes et les hommes ont cessé, tout bonnement, de lutter. Au sens propre, comme au sens figuré…

Le chômeur lutte-t-il contre un déterminisme qui prive tout un chacun d'une place payée ? Ou s'abaisse-t-il face à cette fatalité jusqu'à accepter n'importe quel emploi ? N'importe quelle ambiance de travail ?

L'argent et le travail,
Ou : travailler à n'importe quel prix.

De nos jours, la perte d'un emploi peut prendre une tournure dramatique et durable. Une perspective terrible dans nos sociétés où le travail donne une place à part entière. C'est à dire : un statut, une identité, une forme de reconnaissance, une existence sociale.

Dans l'introduction de son livre La lutte des places [6], Vincent de Gaulejac [7] explique que la lutte entre des personnes ou entre des classes sociales a évolué en lutte des places : les individus se battent seuls dans le but de trouver un emploi.

Deux films explorent ce phénomène. Le premier Rosetta (datant de 1999) des frères Dardenne où une jeune fille frappe le premier de ses employeurs parce que celui-ci lui annonce la fin de sa période d'essai. Puis la jeune fille en question (Rosetta) envisage de laisser son meilleur ami, Riquet, malencontreusement tombé à l'eau, se noyer. Ceci afin de prendre sa place pour… vendre des gaufres !

Dans le second film, Le Couperet (2004), l'acteur français José Garcia joue un cadre supérieur qui, lui, passera à l'acte en tuant ses concurrents venus postuler sur le poste qu'il vise.

La fiction n'a rien inventé. Les affres de la réalité la dépassent trop souvent.

Dès le premier paragraphe de son livre, Vincent de Gaulejac raconte la prise d'otage d'enfants de maternelles en mai 1993. Le preneur d'otage était un homme cagoulé prêt à faire exploser la bombe qu'il avait sur lui si on ne l'écoutait pas. Etait. Avait. Cet homme n'est plus. Il a été abattu lors de cette prise d'otage. Il se nommait

Erick Schmidt. Personne intelligente et consciencieuse, il était chef d'une entreprise… ayant fait faillite. Au chômage, il s'est découvert devenu inutile, se définissant comme un homme fini puisqu'il se retrouvait sans travail et sans argent.

Sans arriver à cette extrémité là, combien de personnes vocifèrent dans la rue, prêtes à en découdre, parce qu'elles ont été licenciées ? Combien séquestrent leur direction, jettent des œufs ou des pancartes sur leur patron parce que l'usine qui les emploie va être déplacée vers une dimension où le personnel représente un coût négligeable ? Des centaines… des milliers.

La valeur travail engendre des esprits innommables dignes du mythe Cthulhu. Elle amène à des aberrations. À des comportements extrêmes pour retrouver des lieux pourtant peu enviables.

Le droit au travail,
Ou : le souffle empoisonné de la civilisation.

« Sacro-sanctifiée » au fil des siècles par la religion, les économistes, les moralistes [8] et les politiques, la valeur travail représente une folie comme le dénonce Paul Lafargue [9] dans son Droit à la paresse. [10]

Pour Lafargue, les ouvriers sont de « misérables servants de machines ». L'esclave technique de Virgil Gheorghiu [11] en somme. C'est à dire des êtres humains réduits à « la seule dimension de valeur technicosociale » [12]. Lafargue compare ces servants techniques aux peuplades dites primitives rencontrées par les colonialistes de son époque. Les explorateurs européens sont étonnés devant la beauté physique et la fière allure de ces dernières. Un physique et une allure dont ne peuvent se vanter le prolétariat. Et Lafargue de signaler que « le noble sauvage », lui, n'a pas été corrompu par ce qu'un explorateur du nom de Paeppig surnomme : « le souffle empoisonné de la civilisation ». C'est à dire : « le christianisme, la syphilis et le dogme du travail ».

En 2003, quand la multinationale Metaleurop ferme son site du Pas-de-Calais en France, de nombreuses personnes manifestent leur indignation de perdre ainsi leur emploi. Les villes concernées par le site se drapent d'une banderole annonçant leur ville « morte » ou en « deuil » car dépendantes de l'activité économique du complexe industriel. Ceci malgré l'impact désastreux de la fonderie sur ses travailleurs (en première ligne), les habitants des environs et l'environnement naturel. En effet, Metaleurop générait « depuis de nombreuses années une pollution historique (…). Les rejets de cadmium [13] et de plomb pendant plus de cent ans ont pollué les sols sur 45 kilomètres carrés ! Des programmes de dépistage de saturnisme (intoxication au plomb) ont montré depuis 1993 des taux de plomb anormaux dans le sang de dizaines d'enfants. »[14]

Comment peut-on déplorer la fermeture d'un tel site ?

De manière générale, comment peut-on s'indigner d'une perte d'emploi alors que nombre de personnes ont trouvé la mort (la trouvent encore, ici ou ailleurs), ont été défigurée (le sont encore), accidentées ou rendues malades à vie (et le sont toujours) par l'appétit insatiable de la valeur travail ?

La peur de n'être plus rien. Les factures à payer. Mais aussi parce qu'on estime avoir le droit de travailler. Ce droit au travail assumé parfois avec plaisir et auquel certains sacrifient volontairement et volontiers leur famille, leur conjoint(e), leurs loisirs.

Finalement, la chose est révélée. La valeur travail est un dragon à l'intelligence froide et calculatrice dont les griffes nous enserrent. Elles nous retiennent prisonniers par ce que l'absence d'emploi implique : une absence d'argent nécessaire pour se loger, se nourrir, se vêtir, se divertir ; une mise à l'écart de la société par notre inutilité ; une existence de parasite qui se nourrit d'aides sociales donc de l'argent des honnêtes servants techniques. Un dragon dont le souffle empoisonné traverse les siècles et abrutit les consciences. Car comme nous l'explique Gigi Bergamin (Postfacier du Droit à la paresse de Paul Lafargue) notre esprit est : « pollué au plus profond par l'idéologie du travail. Une vertu vicieuse si quotidiennement concrétisée, si profondément introjectée. » [15]

Du travail à la torture, il y a trois pieux,
Ou : entre les griffes de la valeur travail pour une lente décré-
pitude des esprits.

Étymologiquement, « travail » vient du latin populaire tripaliare provenant lui-même du bas latin trepalium qui désigne « un instrument de torture fait de trois pieux ». [16]

Un pieu qui malmène notre état physique, un second qui s'acharne sur notre éthique et un troisième qui fait voler en éclat notre vie sociale. Au nom du Père, du fils et du Saint-Esprit. Torture !

Oui, une véritable torture.

Née du droit au travail « qui, dans la réalité, n'est que le droit à la détresse du corps et de l'esprit » et est de ce fait « un interdit de tout espoir de liberté et de pleine vivre » [17]

Et ce droit au travail, nous le revendiquons, nous le réclamons haut et fort

De la pure folie. Normal, le travail est folie. Pour s'en convaincre, il suffit d'ouvrir les pages d'un dictionnaire qui ferait pâlir d'envie les médecins et les infirmiers de l'Asile d'Arkham : « Dans le registre de la folie, travailler exprime actuellement l'idée de déformation mentale, de fermentation psychique. » [18]

Une manière de dire que le travail est cause de toute dégénérescence intellectuelle.

Mais ceci est loin d'être tout. « Le véritable problème, pour Lafargue, réside dans le fait que les victimes elles-mêmes courent au-devant de leurs propres malheurs ».

Nous tiendrions donc entre nos propres mains ce maillet qui enfonce les pieux, et sommes, au final, prisonniers de nos propres griffes. Incapables d'assumer un monde, une société à la valeur travail amoindrie. Ou nulle. Jusqu'au jour où nous apprendrons à vivre sans un emploi durable (puisqu'il n'y en a pas pour tout le monde) ?

Michaël Moslonka
(qui a travaillé d'arrache-pied pour produire cet article)

[1] Encyclopédie Microsoft Encarta 2000
[2] 1723 – 1790. Auteur des Recherches sur la nature et les causes de la richesse des nations.
[3] 1772 – 1823.
[4] & [5] définition du mot « valeur » par le Larousse Classique - édition 1986
[6] 1994, éditions Desclée de Brouwer.
[7] Professeur de sociologie à l'Université de Paris et Directeur du Laboratoire de Changement social.
[8] & [10] Paul Lafargue – Le Droit à la paresse (1880) – éditions Mille et une nuits, mars 1994.
[9] 1842 – 1911. Homme politique français de tendance marxiste.
[11] Écrivain et théologien roumain (1916 – 1992)
[12] La 25e heure – Virgil Gheorghiu – éditions Pocket, 2006
[13] Métal mou et blanc employé sous forme d'alliages ou de sels. Cet élément a des effets cumulatifs similaires à ceux de l'empoisonnement au mercure.
[14] Thierry Brun – revue Politis n°742 du jeudi 13 mars 2003.
[15], [17] & [18] Éloge de la vraie vie dans Le Droit à la paresse(1880) – éditions Mille et une nuits, mars 1994.
[16] Dictionnaire de la folie, les mille et un mots de la déraison – Dr Xavier Pommereau – éditions Albin Michel, 1995

NOS ENCREURS

Nicolas Cluzeau

Nicolas Cluzeau, à quarante années passées, est un écrivain touche-à-tout : il écrit aussi bien dans le domaine fantastique, fantasy, historique ou policier, autant pour les adultes que pour les adolescents. Il vit à Istanbul depuis douze ans avec son épouse, une Turque épigraphiste, philologue et professeur de latin et de grec ancien. Ce pays lui a inspiré quelques-unes de ses oeuvres.

Emmanuelle d'Arzon

Je suis une entité quantique, ce qui me permet de multiplier les identités et les activités.

Tour à tour biologiste et écrivain, inspirée d'Isaac Asimov, de Mathieu Gaborit ou encore de Philip K. Dick, j'ai ouvert quelques vortex entre la science et la littérature, ces univers parallèles si semblables et si différents. Rôliste passionnée, j'ai arpenté l'Harmonde de l'Urguemand aux Terres Veuves, combattu le déterminisme de Sens Hexalogie au côté des Bugs et dirigé le monde dans l'ombre avec les Malkaviens.

A l'occasion poète, il m'arrive de saisir le micro dans un coin de bar pour déclamer quelques vers à l'occasion d'une scène de slam. A travers tous ces Arts Magiques, j'aime tisser au quotidien un pont entre imaginaire et réel, entre folie et norme.

Frédéric Gaillard

Guitartiste-chansonniais, Frédéric GAILLARD est menteur-compositeur-interprète (Au nom du Quick - La fabuleuse aventure de Toto le spermato). Écriturier à ses heurts perdus, il aime l'humour noir et sans sucre. Comme il a l'imaginaire qui le démange, il se gratte jusqu'au sang. Il a obtenu le prix de la nouvelle fantastique de Montrouge en 2011 pour une de ses nouvelles.

Son blog : http://vieufou.unblog.fr/
Ses précédentes parutions : http://www.bdfi.net/auteurs/g/gaillard_frederic.php

Michaël Moslonka

Michaël Moslonka est, tour à tour, voire en même temps, éducateur, poète, éditorialiste, rédacteur d'articles et nouvelliste. Ses textes sont publiés depuis 2004 dans divers supports littéraires en France et au Québec.

Romancier, il écrit aussi bien pour la jeunesse que pour les grandes personnes.

Son quatrième roman (À minuit, les chiens cessent d'aboyer – édition du Riffle, collection Riffle noir – octobre 2010) explore l'univers sombre et acéré du polar tandis que son cinquième livre (Une nouvelle vie en Artois – éditions Ravet-Anceau, collection Euphoria – novembre 2010) se colore de rose puisqu'il s'agit d'un roman sentimental.

Observateur du monde qui l'entoure, Michaël y insère ses écrits dans des genres variés en n'ayant pour limite que son inspiration, ses préférences et son envie de raconter des histoires.

Son site : http://pagesperso-orange.fr/EnfantDuPlacard.

Julien Noël

Julien Noël est né en 1990 et poursuit actuellement des études de Lettres dans une université belge, en vue de se former au métier d'enseignant. Lecteur compulsif depuis la petite adolescence, il se consacre en outre depuis une paire d'années à l'écriture. Son genre de prédilection, qu'il exploite à la fois au travers de nouvelles courtes et de poésies narratives, est le fantastique. Plus particulièrement, il écrit beaucoup sur la figure de la sorcière, lui consacrant notamment un grand projet poétique consistant en la rédaction de cent « histoires de sorcellerie ». Ses textes ne sont, à ce stade, lisibles qu'en revues, fanzines ou anthologies, ainsi que sur son blog personnel : noeljulien.blogspot.com

Marc Oreggia

Marc Oreggia nait en 1970 de parents pianistes virtuoses. Il ne développe aucun don musical, contrairement au reste de sa fratrie. Ne sachant pas chanter, il décide donc d'écrire. Il grandit à Toulon, une ville rendue célèbre par ses consternantes dystopies. La nouvelle de la mort du président Pompidou en 1974 traumatise à vie cet enfant fragile et téléphage. Il rate par un désastreux concours de circonstances son baccalauréat en 1987, et est enlevé par un vaisseau sh'kar à la sortie de l'oral de rattrapage. Il parvient à s'évader de la planète Sharkass quatre ans plus tard et reprend ses études, mais avec beaucoup de méfiance. En 1999, il prête serment d'avocat et se consacre depuis lors à la défense des sans-papiers parce que, eh bien parce que sinon qui va le faire ? Marc vit une relation osmotique avec Isabelle, une gynoïde aux yeux verts, particulièrement compréhensive. Il a appelé son fils Hugo (car Nébula est un prénom de fille).

Il est possible de suivre les traces de ses fluides corporels dans « Le Retable d'Ar'Magraa » (2011, Nocturne n°2), « Sous un soleil immense » (2012, anthologie Histoires d'Amour, Elie Darco, Sombres Rets), « Cœur Quantique » (2012, Géante Rouge n° 20), « La Caravane Humaine » (2013, Rebelle). Il travaille actuellement sur un projet de space opera définitif et milite pour le retour en science-fiction des mutantes à forte poitrine et des extra-terrestres aux yeux pédonculés.

Guillaume Lemaître

Né en1983, Guillaume Lemaître est accro depuis l'enfance à l'horreur, au fantastique, la SF et d'autres genres plus ou moins fréquentables. Il trouve régulièrement sa dose à travers la littérature, le cinéma ou la B.D. Quand il n'écrit pas des nouvelles dans les genres qui ont fait son éducation, il rédige des chroniques cinémas pour le webzine L'IMAGINARIUS (http://limaginarius.wifeo.com)

Il vit en région parisienne et pense bientôt commencer son premier roman.

PUBLICATION :
2011 -Titus Mandragora (fanzine FREAKSCORP n°6)
2012 -Le baiser de Simon Soavi (anthologie Morts Dents Lames, Editions La Madolière)

Alice Ray

Née en 1992, Alice Ray écrit depuis toujours. Ses textes évoluant avec elle, elle s'est très vite tournée vers la science-fiction et l'épouvante. Passionnée de cinéma, elle tente avec les mots de faire surgir des images dans l'esprit du lecteur, de montrer une autre réalité, un autre espace temps. Petit à petit, elle s'est détachée de ceux qui l'ont inspiré, comme Philip K.Dick, Lovecraft, Chuck Palahniuk, Aldous Huxley, pour se créer son propre univers.

Aurélie Wellenstein

Créée en 1980, Aurélie Wellenstein est le fruit d'une expérience scientifique qui a mal tourné. Actuellement contenue dans un hôpital psychiatrique parisien, où elle prétend être documentaliste, elle ruine la crédibilité de la bibliothèque scientifique en y imposant ses propres textes. Une vingtaine de nouvelles ainsi qu'un roman de fantasy, le cheval et l'ombre, paru aux éditions Sortilèges, sont régulièrement retirés des rayons. Et le pire, paraît-il, est à venir.

NOS GUILLOCHEURS

Damien Chanez

Aka Okiko, est un illustrateur autodidacte. Il y a dix ans de cela déjà, Okiko a suivi une formation technique en infographie 3D (modélisation, texturage, etc…). Celle-ci lui a permis de s'exprimer aisément avec l'outil informatique et, de démarrer une activité professionnel en tant que graphiste indépendant. En parallèle, il donne des cours en graphisme dans un centre de formation.

Depuis peu, il se consacre de plus en plus à la peinture traditionnelle (huile, acrylique, pastel) et travaille en collaboration avec des musiciens et des auteurs. (Psygnosis, 2methylBulbe1ol, JP Favard) Son but est de développer ce genre de collaboration artistique et de multiplier les expositions.

Céline Simoni

Céline Simoni, 33 ans, d'origine Suisse, a commencé à faire de l'illustration depuis qu'elle sait tenir un crayon. Une vraie passion qui ne l'a jamais quitté, et l'a décidé à faire une formation supérieure dans un domaine créatif qui est le design industriel. Après son Diplôme, elle travaille comme designer dans le secteur horloger, créant des modèles de montres et de bijoux, ainsi que du packaging.

A travers ces expériences, elle est amenée à devoir travailler également le graphisme des entreprises qui l'emploient, ce qui lui apporte la liberté de l'imaginaire sans contrainte technique qui parfois lui manquait.

En parallèle, l'illustration continue d'être sa motivation principale, et c'est en autodidacte qu'elle apprend à maitriser les bases du dessin et les outils plus avancés tel que Photoshop. En 2010, elle obtient ses premiers mandats professionnels comme illustratrice, et depuis cette activité ne cesse de se développer.

Elle travaille toujours comme designer et graphiste dans de nombreux domaines, tel que le milieu musical et l'horlogerie.

<u>Site internet</u> : www.celimagine.com

Et on n'oubliera pas les prochains ATs de Nocturne :

«Abysses et Servitude»
Deadline le 31 Mai 2014

Son élégance affine les courbes de l'océan mais sa fidèle cruauté enivre les esprits dérangeant. Les abysses en sont le lieu, la servitude en est sa contrainte. N'avez-vous jamais rivalisé avec ses monstres marins qui de leur puissantes litanie soumettent vos sens à leur diabolique volonté ? N'avez-vous jamais pénétré les insondables profondeurs de votre esprit, vous égarant dans ce labyrinthe sans nom où malheur et damnation sont légions ?

«Écho et Damnation»
Deadline le 30 Juin 2014

Sa beauté nuptiale n'est que l'apanage d'une âme torturée. Au fin fond de ces terres de malheurs elle hurle le nom de son être aimé mais condamné. L'écho en est son cri, la damnation sa fatalité. N'avez-vous jamais perçu, sous le joug d'une nuit givrée, cette ombre dénudée qui s'égosille d'horreur devant son sort scellé ? N'avez-vous jamais entendu parler de cet immuable châtiment, de ses ablations sempiternelles qu'endurent les mécréants au cœur du berceau de vagues éternelles ?

«Soufre et Satiété»
Deadline le 30 Novembre 2014

Dans cette malaxe de poudres et de sang se dissimule l'ingrédient de la terreur. Enfermé au plus profond de son antre, il conçoit le dégoût et la répugnance. Le soufre en est l'élément, la satiété sa gourmandise. N'avez-vous jamais prétendu, comme cet alchimiste torturé par l'exhalaison de ses potions illusoires, à assouvir le monde jusqu'à dominer cet avide maître que l'on nomme néant ? N'avez-vous jamais percé cette sulfureuse légende, cet être malveillant, faucheurs de feu et de flammes, qui, devant son macabre auditoire se satisfait de ses horreurs notoires ?